Annegret Achner

Reisefieber

Annegret Achner

REISEFIEBER

Erzählungen

Illustrationen und Cover-Design
von Lutz J. Koch

Bibliografische Information der Deutschen Nationalbibliothek: Die Deutsche Nationalbibliothek verzeichnet diese Publikation in der Deutschen Nationalbibliografie; detaillierte bibliografische Daten sind im Internet über dnb.dnb.de abrufbar.

© 2018 Annegret Achner
3. Auflage

Herstellung und Verlag:
BoD – Books on Demand, Norderstedt
ISBN 9783748109631

Inhaltsverzeichnis

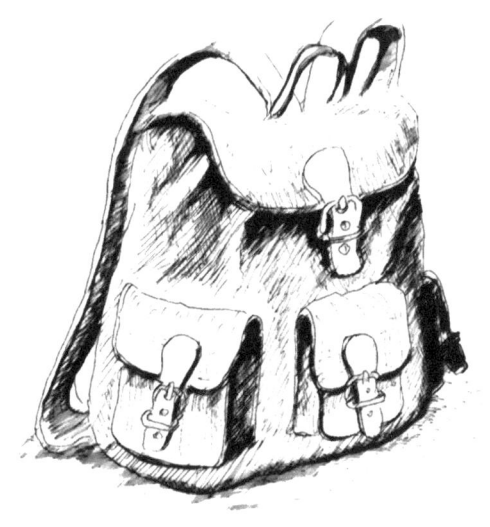

Reisefieber

Von hier oben ist der Blick auf Madrid grandios. Doch die Luft ist stickig, auch wenn die schräge Dachluke einen Spalt geöffnet ist. Weiter kann man sie nicht aufmachen, sonst fliegen die Tauben herein, und in Windeseile ist der Dachboden vollgeschmiert mit einer ekligen Schicht weißlicher Taubenscheiße. Nicht dass es hier wertvolle Dinge gibt: eine ausrangierte Truhe mit angeschlagenem Geschirr, Pappkartons mit muffig riechenden Mänteln und Jacken. Ein alter Kinderwagen steht in der Ecke, mit geflochtenen elfenbeinfarbenen Seitenwänden und winzig kleinen Rädern. Von einem grünen Kaufmannsladen blättert die Farbe ab und die Türen klemmen. Unter der Schräge gammeln auf einem primitiv zusammengezimmerten Regal diverse Plastiktüten mit abgetragenen Schuhen und Stapel von sorgfältig gebündelten Zeitungen vor sich hin. Zwischen all diesen ausrangierten Dingen, den Zeugen besserer Zeiten, hat man auch mich vergessen.

Dabei bin ich eigentlich gut in Schuss. Ich bin nicht eine dieser modisch-bunten Daypacks, die zwar gut aussehen, aber in die nichts hineinpasst. Nein, ich bin ein robuster, großer Reiserucksack, mit dem man unbesorgt auf Reisen gehen kann. Mein voluminöser Bauch schluckt Hemden und Hosen, Unterwäsche und Regenzeug, und in den großen Reißverschlusstaschen an den Seiten steckten einst Sandalen, Waschzeug und der Reiseführer. Jan hat mich zum Abitur bekommen, von seinen Großeltern, die sein Fernweh verstanden haben. Jan hat mir die Welt gezeigt. Wir waren am Great Barrier Reef, haben in Sulawesi bei den Torajas gelebt, wir sind durch den brasilianischen Dschungel gekrochen, haben frierend auf dem Machu Picchu übernachtet und die Pinguine in Patagonien bewundert. Erst als Jan in Santiago de Chile hängenblieb, weil er sich verliebt hatte, wurde ich für zwei Jahre unters

Bett geschoben. Bis, ja, bis den armen Jan das Heimweh überkam und er meinte, er müsse seine Ma und seinen Dad über Weihnachten in good old Germany besuchen. Er buchte einen Platz auf der Air Madrid Maschine von Santiago nach Frankfurt mit einem Zwischenstopp in Madrid. Mich stopfte er voll mit Weihnachtsgeschenken, so dass es kaum Platz gab für dicke Wintersachen. Ein dünner Pullover, ein Paar Jeans, ein bisschen Unterwäsche musste reichen. Natürlich vertraute er darauf, dass seine liebe Ma ihn schon wieder ausstaffieren würde, wenn er Weihnachten in Sommerbekleidung zitternd und bebend vor ihr stehen würde, ihr armer Junge.

So lag ich bald ganz unten im Laderaum einer Boeing 737 zusammen mit all den Koffern und Taschen und Rucksäcken der anderen Passagiere. Es war ziemlich eng hier unten, kalt und dunkel, und ich versuchte, die endlosen 14 Stunden von Santiago bis Madrid vor mich hin zu dösen. Endlich ging die Klappe auf, schlecht gelaunte frierende Männer zogen Gepäckstücke heraus, warfen sie auf einen Elektrokarren und rollten davon. Es war dunkel, ein paar trübe Sterne funkelten am Himmel, und es war bitterkalt. Der Wind pfiff, und eigentlich war ich froh, als die Ladeluke zugeknallt wurde und ich wieder in meinen Dämmerschlaf versinken konnte. Wir hatten jetzt Platz und konnten uns ausbreiten. Es lagen keine schweren Koffer auf mir drauf und ich musste mir keine Sorgen mehr machen, dass die schönen Geschenke zerdrückt würden.

Ein paar Touristen stiegen zu. Ich hörte, wie die hohe Treppe herangerollt und wieder weggerollt wurde. Die Turbinen starteten, die Boeing 737 ruckelte an und dann...

Ich sah durch das kleine Bullauge, wie von allen Seiten blaue Lichter auf das Flugzeug zurasten. Mit quietschenden Reifen hielten mehrere Polizeiautos vor dem Flugzeug und blockierten die Startbahn. Männer in Uniformen mit Maschinenpistolen über der Schulter schwenkten rotleuchtende Stoppschilder. Ein Megafon brüllte Sätze in unverständlichem Spanisch.

Ein Überfall? Mitten auf dem internationalen Flughafen von Madrid? Bahnte sich ein Horrorszenario an wie am 11. September in New York? Schlugen Al Kaida-Terroristen zu, getarnt als Polizisten? Aber man hörte keine Schüsse, alles blieb ruhig. Der Motorenlärm erstarb wieder, Türen wurden geöffnet, Treppen herangerollt. Und dann sagte eine Stimme mit stark spanischem Akzent auf Englisch: «Dear passengers. This is the Captain speaking. We have got a small problem. Don't worry, but you have to leave the plane. Our staff will help you to find a connection flight to Frankfurt.»

Was war denn nun los? War das Flugzeug kaputt? Unwillig verließen die Passagiere die Maschine. Kein Zubrin-

gerbus weit und breit. Zu Fuß stapften sie zum Flughafengebäude, und das bei Schneeregen und Temperaturen
unter Null. Männer brüllten herum, hysterische Frauen
versuchten, quengelige Kinder zu beruhigen.

Und dann wurde der Laderaum der Boeing wieder aufge-
rissen. Kalte Luft strömte herein und gierige Hände rissen
Koffer und Taschen, Kisten und Pakete aus dem dunklen
Bauch der Maschine. «Rapido, rapido», flüsterten heisere
Männerstimmen. Endlich dämmerte es mir. Man hatte
schon länger davon gemunkelt, dass Air Madrid vor der
Pleite stand. Die Airline war pleite und das Flugzeug sollte
an die Kette gelegt werden. Die Gläubiger wollten Geld
sehen, verständlicherweise, und ließen die Flugzeuge be-
schlagnahmen. Aufgebrachte Arbeiter und Angestellte
der Airline, die wahrscheinlich seit Monaten kein Gehalt
mehr bekommen hatten, rissen erst einmal alles an sich,
was nicht niet- und nagelfest war. Sie würden sowieso
keinen Pfennig sehen, wenn die Firma insolvent war.

Und so bin ich am Heiligen Abend in einer Altbauwoh-
nung im Zentrum von Madrid gelandet. Gierige Hände
wühlten in meinen Eingeweiden. Über Jans alten Pullover und die löchrigen Jeans war die Familie enttäuscht.
Aber die bunten Pakete ließen die Gesichter leuchten. Sie
brauchten nicht bis zum 6. Januar zu warten, denn diesmal waren es nicht Los Tres Reyes Magos, die Heiligen

Drei Könige, die die Geschenke brachten. Nein, der Weihnachtsmann selbst war vom Himmel herabgestiegen mit seinem Sack voller Gaben.

Vater und Großvater tranken den chilenischen Rotwein und rauchten die dicken Zigarren. Mama drehte sich vor dem Spiegel und betrachtete den neuen Schal und die langen Ohrringe. Die Großmutter strich liebevoll über die Tischdecke und der kleine Juan spielte den ganzen Abend mit dem roten Bagger. Da hat Jan ja mal ein wirklich gutes Werk getan, dachte ich. Schade, dass er nichts davon weiß und irgendwo frierend und hungrig im Flughafengebäude herumsitzt.

Mich hat man dann leider am nächsten Tag auf den Dachboden geschleppt. Geld zum Verreisen hat die Familie Santos nicht. Aber ich bin ganz optimistisch. Wenn ich nur einige Jährchen warte, bis Juan groß ist, dann wird auch ihn das Fernweh packen. Er wird mich herunterholen, mir den Staub abklopfen, seine Hosen, T-Shirts und Socken in mich hineinstopfen, und dann werden wir gemeinsam um die Welt fahren. Ich brauche nur noch ein bisschen Geduld. Paciencia.

Flugangst

Seit ihrer Kindheit hasste Susanne Fahrstühle. Sie wusste noch genau, wie sie sich fühlte, wenn der schlecht gewartete Lift in dem Hochhaus, in dem sie damals wohnten, irgendwo zwischen der 12. und 13. Etage steckenblieb und das Licht ausging. Der kleine Bruder fing sofort an zu schreien, Mutter nahm ihn auf den Arm, versuchte die Stimme ruhig zu halten und sagte: »Wir drücken einfach den Notknopf. Keine Angst. Da kommt schon jemand.« In der Tat, es kam immer jemand. Nach einer Weile – manchmal erst nach einer Viertelstunde, nie später – ging das Licht wieder an und der Lift setzte sich in Bewegung. »Siehst du«, sagte die Mutter und strich der Tochter übers Haar, »nicht so schlimm. Da kann nichts passieren.«

Susanne glaubte ihr nicht. Je älter sie wurde, desto mehr fürchtete sie Tunnel, vollgerammelte Stadien, Massenaufläufe. Auch die Angst vor dem Fliegen wurde ein Problem. Eigentlich lachhaft, denn ausgerechnet der kleine Bruder war Pilot geworden und erklärte ihr immer wieder, wie gering die Gefahr eines Flugzeugabsturzes war, dass das Risiko eher in der Fahrt zum Flughafen lag. Das wusste sie. Über den Kopf.

»Wir müssen da therapeutisch eingreifen«, sagte die Psychologin, die sie um Rat fragte. «Verhaltenstherapie gegen Platzangst. Nichts Psychoanalytisches. Einfache Verhaltenstherapie.«

Zur Übung ging Susanne – inzwischen hatte sie ihren Freund Hendrik geheiratet und selbst zwei Kinder – in den Zirkus, später mit Mann und den Söhnen ins Fußballstadion, obwohl sie Fußball wirklich nicht interessierte.

»Das tut Ihnen gut«, sagte die Therapeutin. «Weiter so.«

Fliegen allerdings, das wollte sie immer noch nicht. Keine Diskussion. Lufthansa bot Trainingskurse gegen Flugangst an. Dabei hatte sie keine Angst abzustürzen, bildete sich sogar ein, das sei eine schnelle und humane Todesart, auf jeden Fall besser als Krebs. Aber musste man überhaupt fliegen? Fernflüge? Umweltschädlich. Bloß um ein paar Tempel zu sehen? Um unter Palmen am weißen Strand zu baden? Europa bot so viel, da konnte man überall mit dem Auto hinkommen.

Ein kurzer Flug nach Mallorca, schlug Hendrik vor. Das halte sie durch, nur zweieinhalb Stunden. Lächerlich. Sie willigte ein und stand schon zwei Wochen später in der Abflughalle mit Hunderten von reiselustigen Touristen, die redeten und lachten und mit den Füßen ihr Gepäck weiterschubsten. Ist ja gar nicht so schlimm, versuchte sie sich einzureden. Die Halle war groß und hell, die Leute gut gelaunt, niemand drängelte, noch nicht einmal, als sie in der Schlange darauf warteten, dass das Boarding begann. Den kurzen Weg übers Flugfeld zum Flieger überwand sie mit leichten, schnellen Schritten, stieg energisch die Treppen zum Eingang hoch. Zwei nette Stewardessen grüßten freundlich, ließen sich die Boardingcard zeigen und wiesen den Weg zu ihren Sitzen. Dann das Gefühl, Hilfe, ist es hier eng, eine geschlossene Metallröhre, ein blecherner Sarg. Sie ließ sich in den Sitz fallen, Fensterplatz, und blickte angestrengt aufs Flugfeld. Ruhig atmen, befahl sie sich. Ganz ruhig atmen, das hatte sie trainiert. Ein und aus. Der Flieger rollte zur Startbahn, die Motoren wurden laut, lauter, das Flugzeug zog an, die Menschen wurden in ihre Sitze gepresst. Jedes Gespräch verstummte. Hendrik tastete nach ihrer Hand, sie versuchte zu lächeln, krampfte sich an seinem Arm fest. Der Flieger beschleunigte, unter ihnen raste das graue Betonband vorbei. Sie hoben ab, gewannen langsam an Höhe. Ein erleichtertes Aufatmen im Flieger. Sieh mal an, dachte sie, die anderen Menschen waren wohl auch angespannt. Nun redeten sie wieder, lachten, standen auf, öffneten die Klappen über den Sitzen, versorgten sich mit Zeitschriften und Getränken. Der Urlaub hatte begonnen. Auch Susanne nahm das eBook, das ihr Mann ihr fürsorglich reichte, versuchte, sich in den Mallorca-Krimi zu vertiefen, was erstaunlicherweise gelang. Sie entspannte sich, schloss sogar zwischendurch die Augen, riskierte ein Nickerchen. Nein, danke, Kaffee brauchte sie nicht, auch kein Glas Wein. Sie schaffte es auch so. Warum hatte sie nur so ein Theater gemacht? Ihr Mann lächelte sie an, strich ihr mit dem Handrücken über die Wange.

»Alles klar?«

Ja, es war alles klar und sie war erstaunt, nach so kurzer Zeit die Stimme des Kapitäns zu hören, der den Landeanflug über Palma de Mallorca ankündigte. Die Anschnall-Lichter blinkten auf, die Leute legten die Gurte an.

Einige schoben noch schnell einen Kaugummi in den Mund. Druckausgleich. Susanne lehnte sich zurück, spähte aus dem Fenster, sah den Flughafen näher und näher kommen, die Landebahn.

Doch kurz vor dem Aufsetzen, sie wartete schon auf das erlösende rumpelnde Geräusch, heulten die Motoren auf und die Maschine wurde nach oben gezogen. Susanne erstarrte. Im Flugzeug wurde es gespenstisch still. Die Stimme des Copiloten kam übers Mikrofon, es gebe keinen Grund zur Beunruhigung, sie hätten ein kleines Problem mit dem Fahrwerk. Es schien zu klemmen. Sie würden in ein paar Minuten den Landeanflug noch einmal probieren.

Warum passiert das, wenn ich an Bord bin, dachte Susanne, warum bei meinem ersten Flug? Hinter ihnen fing eine Frau an, haltlos zu schluchzen. Eine Männerstimme sprach beruhigend auf sie ein. Hinten schrie ein Kind. Susanne merkte, wie ihre Hände schweißnass wurden. Nein, sie würde nicht schreien. Und wenn sie erstickte. Der nächste Anflug würde gelingen. Das Flugzeug gewann an Höhe, flog eine große Schleife um den Flughafen, ging in den Sinkflug.

»Gleich haben wir`s«, sagte Hendrik. »Kein Problem. Das kann mal passieren.«

Susanne antwortete nicht, konzentrierte sich auf ihre Atmung. Und wenn wir abstürzen, dachte sie. Und wenn wir jetzt abstürzen? Wäre es wirklich so schlimm? Ich hatte ein schönes Leben, einen fürsorglichen Mann, wohlgeratene Kinder …

»Es wird gutgehen«, flüsterte ihr Mann und sie merkte, dass er auch Angst hatte. Er war ganz bleich. Komischerweise fühlte sie sich stark in diesem Moment. Sie drückte seine Hand.

»Wir hatten ein schönes Leben«, sagte sie. «Wir hatten uns!«

Er nickte und legte den Arm um sie. Und es geschah das Unfassbare, das Flugzeug startete zum zweiten Mal durch und zog mit einer steilen Kurve nach oben.

»Hier spricht der Kapitän. Bleiben Sie ganz ruhig. Es besteht kein Grund zur Panik. Das Fahrwerk klemmt noch immer, aber am Boden stehen Löschfahrzeuge bereit, die einen Schaumteppich auf die Landebahn legen, so dass der Flieger auch ohne Fahrwerk landen kann. Sie brauchen keine Angst zu haben.«

So ein Quatsch, dachte Susanne. Alle haben hier Angst. Natürlich haben alle Angst. Bilder von abgestürzten und ausgebrannten Flugzeugen drängten sich ihr auf. Herumliegende Wrackteile von der Germanwings-Maschine, die vor ein paar Jahren dieser Psychopath von Co-Pilot in den französischen Alpen gegen einen Berg gesteuert hatte, während der Kapitän verzweifelt an der verschlossenen Cockpit-Tür getrommelt hatte. Ein Flugzeug voller Kinder und Jugendlicher. Nein, versuchte sie sich einzureden, ich kann mich nicht beklagen, mein Leben war schön. Privilegiert. Im richtigen Land zur richtigen Zeit in der richtigen Familie geboren. Ohne Krankheiten, ohne materielle Sorgen. Das Schluchzen der Frau hinter ihnen hatte sich zum Schreien gesteigert. Hier und da Weinen, Flüche, Gebete. Tatsächlich, vor ihnen betete eine Frau das Vaterunser. Nie in die Kirche gehen, aber jetzt beten, dachte Susanne. Sie fühlte sich stark und ruhig, ruhig genug, um zu ihrem Mann zu sagen:

»Keine Angst, das klappt schon. Die Piloten haben solche Landungen trainiert.«

»Am Simulator«, sagte er. »Das ist was anderes.« Er entspannte sich aber.

Von oben sah man, wie sich große, graue Fahrzeuge auf die Landebahn zubewegten.

»Die sprühen gleich Schaum«, sagte Susanne und schaute interessiert aus dem Fenster. »Guck mal, Hendrik!«

Er beugte sich über sie. Und dann ein Rumpeln und Kreischen.

»Das Fahrwerk ist raus«, sagte er und fing an zu lachen. Hysterisch zu lachen.

»Das Fahrwerk ist raus«, schrie eine Männerstimme von hinten.

»Gott sei Dank«, sagte die Frau vor ihnen und hörte auf zu beten.

»Das Fahrwerk ist raus«, sagte auch der Co-Pilot. Seine Stimme klang erleichtert.

Der Junge hat auch Angst gehabt, dachte Susanne. Trotz Training im Simulator.

Als das Flugzeug auf der Landebahn aufsetzte, gab es frenetischen Beifall. Beim Rausgehen sagte ein älterer Mann hinter ihnen:

»So was muss ja passieren, wenn die Fluggesellschaften sich totsparen und die Flieger nicht anständig gewartet werden.«

»Ach, halten Sie doch den Mund!«, sagte Susanne.

Sie verlebten einen wunderschönen Urlaub auf Mallorca. Allerdings bestand Hendrik am letzten Urlaubstag darauf, den Rückflug verfallen zu lassen und lieber die Fähre nach Barcelona zu nehmen.

»Wir fahren mit dem Zug zurück«, sagte er. »Das macht viel mehr Spaß.«

Susanne lächelte in sich hinein.

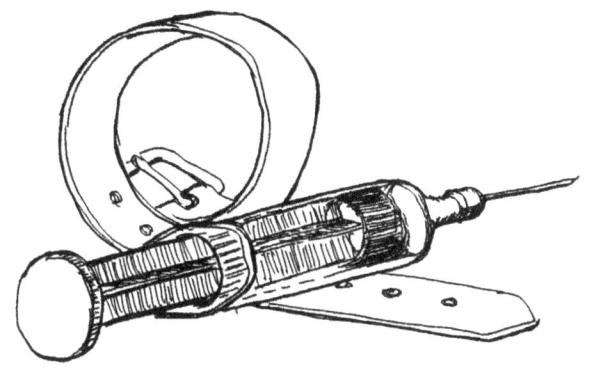

Unter dem Löwentor von Mykene

Jonathan hatte sich in der unterirdischen Zisterne verborgen, als die Wärter den Eingangsbereich gegen 19 Uhr dichtmachten. Die flirrende Hitze über der Argos-Ebene war einer angenehmen Kühle gewichen. Leergefegt der Parkplatz mit den endlosen Schlangen von Touristenbussen. Auch die Wärter hatten sich verzogen. Feierabend. Stille.

Jonathan nahm die Krücken und kämpfte sich den steilen Weg hinunter von den Palastruinen zum steinernen Eingangstor. In dieser Nacht wollte er allein sein, allein mit den kopflosen Löwen unter dem gewaltigen Tor von Mykene. Der linke Beinstumpf pochte höllisch. Vorsichtig ließ er sich auf den kantigen Steinen nieder, lockerte die Riemen der Prothese unterhalb des Knies. Er lehnte den Rücken an die mächtigen Steine, streckte den Stumpf aus, zog eine zerfledderte Ausgabe der »Sagen des klassischen Altertums« aus dem Rucksack und rückte die Brille mit den dicken Gläsern zurecht. Ein zweiter Schliemann zu werden, davon hatte er geträumt. Archäologie zu studieren und Frühgeschichte.

»Brotlose Kunst«, hatte sein Vater gesagt, Oberstleutnant bei der Bundeswehr. »Liebhaberei für Weichlinge«.

Aber er war ein Weichling. Er hatte dem häuslichen Druck nicht standgehalten, sich für vier Jahre bei der Bundeswehr verpflichtet. Sie nahmen ihn gerne, den blonden Surfer mit den muskelbepackten Schultern und der guten Kondition.

Krasse Fehlentscheidung, dachte er, als er das Buch beiseite legte, um in seinen ausgebeulten Leinenhosen nach Zigaretten zu fummeln. Über ihm die Löwen, deren bronzene Köpfe von Plünderern abgeschlagen worden waren. Verunstaltet wie er. Jonathan tastete vorsichtig über sein

Gesicht. Das rechte Auge hatte man retten können, aber über die linke Gesichtshälfte zog sich eine wulstige Narbe vom Ohr bis zum Kinn. Die plastische Chirurgie könne Wunder bewirken, aber erst müssten die Wunden gut verheilen. Er zog den Rauch tief in die Lunge. Hustete. Ein Krüppel war er, ein Krüppel mit einem Monstergesicht.

Ein blasser Mond stieg langsam hinter den Zypressen auf. Zikaden ratschten lärmend zwischen den Ruinen. Kühl strich der Wind über sein heißes Gesicht. Mit der gesunden rechten Hand blätterte er vorsichtig die Seiten um. Las noch einmal die Geschichte vom Trojanischen Krieg. Von Ruhm und Ehre des Soldatenlebens, von Verrat, Machtgier, Gräueltaten und Tod. Er hatte sich freiwillig für den Afghanistan-Einsatz gemeldet. Zur Friedenssicherung, für den Aufbau einer stabilen Demokratie, hieß es in offiziellen Verlautbarungen. Sein Vater war stolz auf ihn. Endlich.

Jonathan drückte die Zigarette auf den Steinen aus. Eine unerklärliche Scheu hinderte ihn daran, den Stummel einfach auf dem Boden mit den glattpolierten Steinquadern liegen zu lassen. Sorgfältig steckte er ihn zurück in die Packung. Er holte den Wodka aus dem Rucksack, klemmte die Flasche zwischen die Oberschenkel und drehte den Schraubverschluss auf, schluckte gierig. Genau hier unter dem Tor hatte Agamemnons Wagen anhalten müssen, da die Rampe zur Burg zu steil gewesen war für die schweren Karren, vollgeladen mit geraubten Schätzen. Die Heimkehr des Siegers in seine mächtige Burg. Und der Idiot wusste nicht, dass auch auf ihn der Tod wartete. Ein Sieger, der sich zu Tode gesiegt hatte.

Es hatte harmlos angefangen, mit Alkohol und Marihuana, wenn sie von einer Mission ins Lager zurückgekommen waren und nicht schlafen konnten. Trotz des Verbotes kreisten Flaschen mit russischem Wodka. Ein Joint ging von Hand zu Hand. Aber bald reichte das nicht, um die Bilder des Tages zu verdrängen. Nachts rollten die Panzer durch seine Träume, durch zerstörte Siedlungen, vorbei an zerschossenen Häusern, vor denen schwarz verschleierte Frauen standen, die den Soldaten ihre verwundeten und verkrüppelten Kinder entgegenhielten und »Mörder, Mörder« schrien. Heroin tauchte auf. Eingeschmuggelt. Heimlich sogen sie das Pulver durch die Nase. Rausch und Erleichterung, wenn der Stoff die Blutbahn erreichte. Gnädiges Vergessen. Endlich wieder schlafen. Hatten auch damals die Krieger Drogen genommen, um das Schlachten besser ertragen zu können? Jonathan tastete in seinem Rucksack nach dem Fixerbesteck. Und der Kriegsgrund? Die schöne Helena? Die verschwand schon bei Kriegsbeginn von der Bühne. Osama bin Laden? Al Kaida? »Lügen, alles Lügen«, hatte Jonathan geschrien, als der Oberstleutnant ihn im Krankenhaus besuchte und von Heldentum redete und vom Kampf für die Freiheit am Hindukusch.

Fast ein Jahr lag der Einsatz zurück. Sein Zug war in eine Sprengfalle geraten. Panzerwagen explodierten. Jonathan überlebte den Anschlag schwer verwundet. Neben ihm, der Freund, der schreiend starb. Man flog ihn nach Hause, er wurde zusammengeflickt. Die Bilder ließen ihn nicht schlafen. Kinder kamen aus dem Dunklen, krochen im Schlamm, ihre abgetrennten Arme und Beine vor sich herschiebend, vor Schmerzen wimmernd. Nur Tabletten halfen. Und Alkohol. Und der regelmäßige Schuss Heroin, den zu drücken er gelernt hatte.

Agamemnon war als Sieger heimgekehrt. Nach zehn Jahren des Schlachtens und Mordens. Hatte er sich nach Klytämnestra gesehnt? Marieke hatte ihm nicht verziehen, dass er nicht mit ihr gemeinsam ins Studium gegangen war. Auf den Zivi hätte sie gewartet, auf den Soldaten nicht. Sie besuchte ihn kurz im Krankenhaus. Doch was er in ihren Augen las, waren Schock und Mitleid. Nicht Liebe. Sie strich ihm flüchtig über die Wange. Weinte. Dann ging sie.

Nun saß er allein unter dem gewaltigen Löwentor von Mykene. Hier wollten sie hin, gleich nach dem Abitur. Jonathan leerte den Inhalt des Rucksacks, riss hastig ein

Tütchen auf, und noch eins und noch eins, schüttelte das weiße Pulver auf den Löffel, tröpfelte Zitronensaft und Wasser hinzu. Er hielt das Feuerzeug unter den Löffel und zog die Spritze auf, als sich das Pulver löste. Versager, dachte er, band den linken Arm ab. Zog mit den Zähnen den Gurt stramm. Fand die Vene.

Sommertag in Cres

Ich sehe einen alten Mann und einen kleinen Jungen in einem roten Schlauchboot auf dem blauen Wasser der Adria dahindümpeln, nahe der Küste, wo das Wasser so klar ist, dass man silbrige Fischschwärme einen Meter unter der Wasseroberfläche dahintreiben sieht.

Noch ist es windig und kühl, und der alte Mann zieht den Reißverschluss am Pullover des Jungen hoch, schiebt eine

Schirmmütze auf die dunklen Locken, so dass er geschützt ist vor den sengenden Strahlen einer aus blauem Himmel erbarmungslos leuchtenden Sonne. Noch ist der Strand leer, die Pinienzapfen im weißen Kies sehen von weitem aus wie Hundehaufen.

Doch Hunde sind verboten am Strand, und die einsamen älteren Männer, die schon frühmorgens ihre kleinen und großen Kackmaschinen hinter sich herziehen, haben alle Plastikbeutel und Schüppen in der Hand, wenn sie über die Promenade laufen und an jedem verkrüppelten Strauch stehenbleiben, an dem ihr Liebling das Bein hebt, misstrauisch beäugt von den jungen Frauen, die - todmüde - Kinderwagen mit hellwachen Babys schieben und hoffen, dass die frische Seeluft und das leise vor sich hinruckelnde Gefährt die brüllenden, kleinen Monster wieder in den Schlaf lullen werden.

Wir sind früh aufgestanden, um im Dunst des morgendlichen Lichtes die Heimkehr der Fischer zu fotografieren, die ihre magere Ausbeute in vom Wasser ausgebleichten Kisten auf die Kaimauern hieven und wortlos den heißen Kaffee schlürfen, den ihre Frauen in großen Kannen herangeschleppt haben. Frischen Fisch kann man nicht vom Kutter kaufen, der Fang wird von den Kleinlastern der Restaurants abgeholt, die auf ein abendliches Geschäft hoffen.

Bauersfrauen aus dem Umland breiten ihr Obst und Gemüse auf den Steintischen der antiken Markthalle aus, wo wohl schon die Phönizier ihre bunte Ware angepriesen haben. Noch ziehen die Frauen die bestickten Schals fest um ihre Köpfe, knöpfen die Wolljacken zu, um sich gegen die kühl von den Bergen herabfallende Bora zu schützen, bald werden sie sich aus den wärmenden Kleidungsstücken schälen, dankbar die Gesichter der Sonne entgegenstrecken, später unter den Arkaden Schutz suchen vor der Hitze.

Espresso und Croissant im kleinen Bistro am Hafen, wir frösteln noch, aber greifen schon zur Sonnenbrille, um die Augen vor der gleißenden Helligkeit zu schützen. Sonne, südliche Betriebsamkeit, Urlaub, Glück.

Vor unseren entsetzten Augen schiebt ein Greis seine bis auf die Knochen abgemagerte Frau in einem Holzkarren an den Touristen vorbei in die Sonne. Das schlechte Gewissen steigt in die Kehle. Was können wir für das Elend der Leute? Dem Mann einen größeren Schein in die Hand drücken? Aber er bettelt nicht. Würden wir seinen Stolz verletzen? Hilflos wenden wir den Blick ab.

Sonne kriecht über die abgeblätterten Fassaden der Häuser am Hafen, arbeitet sich durch das Geäst der hohen Kiefern, knallt auf Zelte und Wohnmobile und treibt die Touristen auf den Campingplätzen ins kühle Wasser.

Sonnenschirme werden aufgeklappt, Liegen an den schmalen Kiesstrand geschleppt, erbittert um Plätze gestritten. Man hat doch schließlich gestern Abend das Handtuch und den Fuß des Sonnenschirms am Strand gelassen. Nun liegt alles am Rand, aggressiv beiseitegeschoben. Sicher wieder die Italiener, die sind so rücksichtlos, schimpft ein österreichischer Rentner vor sich hin. Lassen auch ihre Kippen im Kies liegen. Ekelhaft. Sie scheinen sich nur im Abfall wohl zu fühlen. Seine Frau nickt zustimmend.

Der alte Italiener hebt den Enkel aus dem Schlauchboot. Sie waten an Land, legen sich auf das Badetuch, das versteckt in einer Kuhle auf sie wartet. Liebevoll rubbelt der Alte den Kleinen ab, kämmt sein Haar, reibt ihn ein mit Sonnenöl. Beide legen sich auf den Bauch und der Alte beginnt zu erzählen, hinein in die leuchtenden Augen des Jungen. Er erzählt von Fischern und Seejungfrauen, von krakenarmigen Ungeheuern, von Seeleuten und Schiffsuntergängen, von Wundern und glücklicher Rettung. Und von dem lieben Gott, der alle Kinder beschützt. Nur einmal unterbricht er sich, breitet ein Handtuch über den Kopf des Jungen aus, nimmt dessen Hand und spricht dann weiter in seinem vokalreichen, singenden Italienisch. Ein Schwall an Worten, unablässig tropfend, hüllt den Jungen ein in eine Kaskade von Lauten und Bildern.

Der Kopf des Kleinen sinkt auf die Brust des Alten, seine Augen schließen sich, ein Lächeln umspielt seinen Mund. Zärtlich küsst der Großvater die Wange des Jungen, streichelt über sein Haar.

Er kümmere sich um den Kleinen, wenn der Ferien habe, das hat der alte Herr mir vor ein paar Tagen erzählt. Die Mutter lebt in Mailand, der Vater in Split. Morgen wird er kommen, der Vater, zusammen mit der neuen Frau. Der Junge freut sich auf den Vater. Er will ihm zeigen, wie gut er schwimmen und rudern kann. Und ihm die vielen Märchen und Geschichten erzählen, auch der neuen Frau. Natürlich fragt sich der Junge, ob die ihn mögen wird, denn die Mutter hat gesagt, sie sei eine Hexe.

Ich sehe, dass der Alte ahnt, dass er bald nicht mehr gebraucht wird. Überflüssig sein wird. Wer aber wird dem Jungen erzählen von Helden und wilden Tieren, von Untergang und göttlicher Rettung, von Engeln und Göttern und Dämonen? Wer wird den Jungen retten aus heranrollenden, alles verschlingenden Brechern?

Lago di Garda

Ich sehe,

wie der weiße Eriba Feeling auf die Wiese rumpelt, gezogen von einem weißen Ford Transit.

Ich sehe ,

wie sich die Fahrertür öffnet, muskulöse Arme einen Rollstuhl auf den Boden stellen, auf den sich ein Mann vom Fahrersitz hinunterfallen lässt. Eine Frau mit rötlichem Pferdeschwanz, ein schlaksiger Teenager und ein kleiner Knirps quellen aus der aufgeschobenen Seitentür. Der Fahrer rollt zur Anhängerkupplung, löst mit geübten Griffen die Verbindung zwischen Zugmaschine und Wohnwagen. Mutter und Sohn drehen die vier Stützen hinunter, um den Wohnwagen zu stabilisieren.

Ich sehe,

wie der große Junge zum See rennt, im Laufen das löchrige T-Shirt über den Kopf zieht, der kleine Junge klebt an seinen Fersen. Juchzend werfen sie sich ins Wasser. Die Pferdeschwanzfrau holt Tische und Stühle aus dem Wohnwagen, während der Mann beginnt, die Fahrräder vom Heckgepäckträger zu heben, anscheinend mühelos.

Ich sehe,

wie Fabian hinübergeht um zu fragen, ob er helfen könne.

Ich sehe,

wie der Mann im Rollstuhl freundlich nickt und Anweisungen gibt, sodass in kurzer Zeit das Vorzelt aufgebaut, der Wohnbereich installiert ist. Schneller, als wir selbst es vor einer Woche geschafft haben.

Ich sehe,

wie sie reden, die Gesichter in die Sonne halten, lachen, am Campingtisch eine Flasche Wein aufmachen und miteinander anstoßen.

»Sie kommen jeden Sommer her«, sagt Fabian, als er zurückkommt.

»Hat er das gesagt?«, frage ich.

»Hat er.«

Ich schaue auf den See, in dem sich der blaue italienische Himmel spiegelt, sehe das Felsmassiv auf der gegenüberliegenden Seite, das im milden Spätnachmittagslicht so gar nicht bedrohlich wirkt, und sage:

»Auch wir sind sicher nicht zum letzten Mal hier.«

Ich schlüpfe in meinen Badeanzug, nehme das Handtuch.

»Sollen wir unsere neuen Nachbarn heute Abend zum Grillen einladen?«

»Nun übertreib mal nicht«, sagt Fabian. »Lass sie erst mal ankommen. Die haben sicher eine anstrengende Fahrt hinter sich.«

Ines und Gabriel kommen aus dem Ruhrgebiet, wie sie am nächsten Abend erzählen. Eine lange Fahrt bis zum Gardasee. Sie haben hinter München einen Zwischenstopp eingelegt, schon wegen des Kleinen. Nachts führe keiner von ihnen gerne.

»Ich habe immer Angst, ich schlafe ein«, sagt Ines. »Und Gabriel will nicht die ganze Zeit allein fahren.«

»Ich habe halt eine Schlafmaus geheiratet«, Gabriel lacht. »Schlafen, das ist das, was meine Frau am besten kann.«

Ines droht ihm mit dem Finger.

»Stimmt doch«, sagt der große Sohn. »Wenn Mama schläft, kriegt sie keiner mehr wach.«

»Nur ich!«, trompetet Hannes. »Ich kriege Mama immer wach.«

»Und nun kommt sicher die Frage ... «, sagt Gabriel.

»Nein, kommt nicht«, sage ich schnell.

»Aber ihr würdet schon gern wissen, wieso ... «

»Das hat Zeit«, sage ich. »Wir kennen uns doch kaum.«

»Doch, ich kenne euch«, sagt Gabriel. »Nettes Frührentnerpaar, hilfsbereit, kümmert sich um Mann im Rollstuhl ... «

»Gabriel!«, sagt Ines und legt eine Hand auf seinen Arm.

»Ich meine das gar nicht böse. Aber tut doch nicht so, als hättet ihr keine Fragen. Die hätte ich an eurer Stelle auch. Nur kümmern müsst ihr euch nicht um mich.«

»Mein Papa ist viel stärker als ihr«, sagt Klein-Hannes.

»Mein Papa hat sooo dicke Arme.«

»Ja, klar, hat er. Möchtet ihr noch Kirschen zum Nachtisch? Oder lieber Himbeeren?«

»Ja, die Kirschen und Himbeeren und Blaubeeren sind wirklich toll. Kommt der Bauer mit seinem TukTuk voller Früchte immer noch jeden zweiten Nachmittag?«, fragt Ines.

»Mein Vater hat schon zweimal an den Paralympics teil-genommen«, sagt der große Junge. «Seine Mannschaft hat Silber gewonnen.«

»Also, bringen wir es hinter uns«, sagt Gabriel. »Es war ein Motorradunfall. Vor fast 20 Jahren in den Kanadischen Rockies.«

»Ich war dabei«, sagt Ines. »Auf dem Soziussitz. Meine Beine waren n u r gebrochen.«

»Ines ist bei mir geblieben«, sagt Gabriel.

»Und mein Part ist jetzt zu sagen: Natürlich, denn Gabriel ist der beste Mann der Welt.« Sie lacht. »Das Komische ist nur, ich glaube das wirklich.«

»Na, Kleine, nun übertreib mal nicht«, sagt Gabriel und tätschelt ihre Hand. »Es war ganz schön schwer am Anfang.«

»War es,« sagt Ines. »Und meine Eltern waren strikt dagegen.«

»Aber Papa ist viel stärker als Mama. Auch ohne Beine«, mischt sich Hannes ein, schaut seinen Vater triumphie-rend an und klettert auf den Rollstuhl.

Das scheint sogar zu stimmen, denn bei der Radtour am nächsten Tag – Gabriel auf seinem Liegerad, Ines auf dem Mountainbike – schafft Gabriel die steile Straße bis zum Pass in weniger als zwei Stunden. Ines braucht eine halbe Stunde länger. Fabian und ich würden nicht im

Traum daran denken, das auch nur zu probieren. Auch nicht mit den neuen E-bikes.

Dass sie bei ihm geblieben ist, das wundert ihn immer noch. Auch nach 20 Jahren. Ihre Eltern waren entsetzt gewesen. Er war es schließlich, der ihre einzige Tochter fast umgebracht hatte. Mit dem Motorrad durch Kanada, das war seine Idee. Die Tochter auf dem Soziussitz. Trans-Canada Highway. Was für eine irre Idee war das denn! Lass ihn allein fahren, hatten sie Ines gewarnt. Wenn er sich umbringen will, soll er!

Ines hatte nicht auf ihre Eltern gehört. Warum auch. Sie war gerade 20, nach bestandenem Abitur voller Sehnsucht nach Leben, wild auf Abenteuer. Vernünftig sein, zu Hause bleiben, brav studieren, das konnte sie immer noch. Filmsequenzen jagten durch ihre Träume: Easy Rider, Route 66. Beide Arme um Gabriels Bauch geschlungen, ihr Kopf an seinem Rücken, Wind in den Haaren, bis über beide Ohren verliebt. Gabriel, der Sportsmann, der Typ mit den wilden Haaren und den starken Muskeln, der nicht war wie die anderen, der sich nach dem Examen eine Auszeit nahm, ehe er seine Stelle als Ingenieur antreten wollte. Komm mit, hatte er gesagt und sie geküsst, komm mit mir ins Land der unbegrenzten Möglichkeiten. Von Montreal bis Vancouver. Quer durch die Rockies. Komm einfach mit. Und sie war mit ihm über die Highways gerast, mit ihm durch die Kurven geflogen, jauchzend vor Glück und Lebenslust.

In einer Spitzkehre im Banff National Park kam ihnen ein grüner Chevy entgegen, schlingernd und mit überhöhter Geschwindigkeit, der Fahrer völlig zugedröhnt. Auch Gabriel war schnell, hatte in wilder Fahrt die enge Kurve unterschätzt. Krachend knallten sie gegen die stählerne Abgrenzung, rutschten weiter, die Maschine verkeilte sich unter der Leitplanke. Nicht den Steilhang hinunter, war sein letzter Gedanke gewesen, ehe er das Bewusstsein verlor.

Zwei Wochen später wachte er im Krankenhaus auf, an Schläuchen hängend.

»Where is Ines? Where is my girlfriend?«, waren seine ersten Worte.

»She has broken both her legs«, sagte die Schwester. »Her parents have come from Germany.«

Erst da wurde ihm bewusst, dass er seine Beine nicht fühlen konnte. Der Unterkörper umwickelt wie eine Mumie. Aber Beine? Beine? In Panik riss er die Decke weg. Brüllte, hörte nicht auf zu brüllen. Die Schwester gab ihm eine Spritze.

Die Beine seien nicht zu retten gewesen, sagte der Arzt. Sie seien unter der Leitplanke zerquetscht worden. Man habe alles versucht, aber schließlich habe man amputieren müssen.

»To save your life.«

»What life?«, hatte er geschrien. » Why didn`t you leave me alone? Why didn`t you let me die?«

Der Arzt zuckte die Schultern.

»Trenn dich von Gabriel«, sagten ihre Eltern. »Willst du dich mit einem behinderten Mann belasten?«

»Er ist nicht behindert«, sagte Ines. »Er hat nur keine Beine.«

Hitchhiking

Eigentlich unfair von Mama, dachte Frauke, als sie im Zug nach Calais saß. Ihre Eltern hatten sie zum Essener Hauptbahnhof gebracht, ihr noch 100 Mark in die Hand gedrückt und »gute Reise« gewünscht. Das Geld für das Zugticket und die Fähre von Calais nach Dover hatte sie sich in den Semesterferien verdient. Sechs Wochen lang hatte sie Post ausgetragen. War ja ok., die Eltern bezahlten die Bücher, die sie für das Anglistikstudium brauchte. Wohnen konnte sie zu Hause. Dass aber Mutter ihr im letzten Moment – der Zug lief schon ein – ins Ohr gezischelt hatte: »Du versprichst mir in die Hand, nicht zu trampen«, war eine Gemeinheit, die auch Vater nicht mitbekommen sollte.

Mutter wusste genau, wie gewissenhaft Frauke sich an gegebene Versprechen hielt. Frauke hatte genickt, Mutter aber nicht die Hand gegeben. Also war sie auch nicht verpflichtet, ihr Versprechen einzuhalten. Oder doch? In Köln stieg ihre Freundin Kitty zu, die hatte auch nicht viel Geld. Es war abgemacht, dass sie nach Schottland trampen wollten. Allerdings zerstritten sie sich auf der Fähre so heftig, dass – in Dover angekommen – Kitty die nächste Fähre zurück nach Calais nahm, Frauke sich aber entschloss, die Tour nach Schottland allein zu wagen.

Es waren noch die Zeiten, als Tramper – und vor allen Dingen Tramperinnen – an der Autobahn mitgenommen wurden, und so war es auch für Frauke kein Problem, noch am selben Tag bis York zu kommen.

Nach einem ausgiebigen englischen Frühstück im »Bed and Breakfast« besichtigte sie die imposante Kathedrale in York, gönnte sich Fastfood beim Chinamann in der Fußgängerzone, ließ sich mit dem Bus aus der Stadt herausbringen und hob den Daumen an der Auffahrt zur M1.

Ein Lastwagenfahrer kurbelte die Scheibe hinunter: »Where are you going, love?« fragte er, reckte sich über den Beifahrersitz und öffnete die Tür. »Come on in, love!« Frauke hatte ein komisches Gefühl, stieg aber ein. Der Mann sah manierlich aus, uralt, sicher schon fünfzig, also jenseits von Gut und Böse. Sie musterte ihn von der Seite: dunkles, schütteres Haar, scharfes Profil, große Nase, hängende Lider über hervorquellenden Augen. Wie hohl war es denn, einen Menschen nach seinem Äußeren zu beurteilen, schalt sie sich. Wahrscheinlich ein kreuzbraver Familienvater mit pubertierenden Kindern und einer Frau mit Lockenwicklern.

»Why are you grinning?«, fragte der Mann plötzlich. »Are you laughing about me?«

»No, not at all«, beeilte sich Frauke zu sagen.« I´m so happy I`ve got a lift.«

»Right you are«, sagte der Mann. »Right you are!« Er griff in seine Jackentasche, holte eine Packung Marlborough hervor, hielt sie Frauke hin.

»Light one for me«, sagte er.

»Ich rauche nicht«, sagte Frauke verunsichert. »I don`t smoke!«

Die Miene des Mannes verdüsterte sich. Er riss ihr die Packung aus der Hand, klopfte auf den unteren Rand, fingerte eine Zigarette heraus und steckte sie zwischen die

Lippen. Ganz schön schlechte Zähne, dachte Frauke , als sie die braunen Stumpen sah. Hatte aber sofort wieder ein schlechtes Gewissen. Als Lastwagenfahrer hatte er sicher nicht viel Geld. Konnte sich die Zähne nicht vernünftig reparieren lassen.

Er warf ihr das Feuerzeug zu. Offensichtlich sollte sie ihm Feuer geben. Er nahm ihre Hand, die das Feuerzeug umklammerte, führte sie nah an sein Gesicht.

»A lot to learn, my gal«, sagte er, knipste das Feuerzeug an und warf es mit der Zigarettenpackung zwischen ihre Oberschenkel.

Ich glaube, ich steige aus, dachte Frauke. Der Kerl ist mir zuwider.

»What do you think about Hitler?«, fragte er plötzlich. Der Verkehr war dichter geworden, sie kamen nur langsam voran.

Oh Gott, dachte Frauke. Was soll das denn?

»What do you think about Hitler?«, wiederholte der Mann. Er starrte geradeaus auf die Straße. »All Germans are Nazis!«

Frauke lief es kalt über den Rücken.

»Nein«, sagte sie. »No, no, I`m not a Nazi!«

Der Mann schwieg. Ich muss hier raus, dachte Frauke. Aber wie?

»What do you think about Hitler?«, fragte der Mann wieder und wandte den Kopf.

»A very bad man«, sagte Frauke mit unsicherer Stimme. »Nobody in Germany likes him.«

Der Mann lachte und haute aufs Lenkrad. »You are lying. All Germans are Nazis!«

»Nein«, sagte Frauke. Ihre Stimme kippte. »Can I please get out?«

Der Verkehr war dünner gesowden, der Laster hatte an Geschwindigkeit zugelegt.

»Why, love? Are you afraid of me?«

»No, I`m not«, log Frauke. Sie musste hier raus. Sofort. Mit oder ohne Gepäck. Der Mann war durchgeknallt. In der nächsten Raststätte würde sie rausspringen.

Der Fahrer schien ihre Gedanken zu raten. Sie hörte, wie sich die Seitentür mit einem Klick schloss. Sie war in einem Albtraum gelandet. Jetzt nur die Nerven behalten, das Spiel dieses Irren mitspielen.

Frauke versuchte, ihn anzulächeln. »I have to go to the toilet!«

Der Mann schaute sie misstrauisch an. »Right now?«

»Right now, please!«, sagte Frauke und versuchte, das Zittern in ihrer Stimme zu unterdrücken.

»What do you think about Hitler?« Wieder diese Frage. Was sollte sie antworten? Was wollte er hören?

»I was born after the war«, sagte sie. Erst in der Schule hatte sie von den grässlichen Verbrechen gehört.

»Your parents didn`t tell you?«

Nein, ihre Eltern hatten ihr nichts erzählt, hatten angeblich nichts gewusst von Konzentrationslagern und Waffen-SS.

»Your parents were Nazis?«

Ob ihre Eltern Nazis waren? Sie wusste es nicht. Die Mutter eher nicht, die war eine treue Kirchgängerin. Aber Vater? Wahrscheinlich.

Sie zuckte die Schultern. »I don`t know. Really, I don` know.« Sie kämpfte gegen aufsteigende Tränen an, schluckte.

»Wir auch haben geweint«, sagte der Mann auf Deutsch. »Wir Kinder. Jüdische Kinder im Zug. Verschickt nach England. Schwester ganz klein. Zwei Jahre alt. Aufpassen auf sie, hat Mama gesagt. Aber nie mehr gefunden. War weg.«

»Und Ihre Eltern?«, fragte Frauke gegen ihren Willen.

»Tot. Beide. Concentration Camp. Papa Typhus, erschossen.«

»Wie schrecklich«, sagte Frauke. Aber was konnte sie dafür? Sie war Jahrgang 50. Fünf Jahre nach Kriegsende geboren.

»Du musst schauen Bilder«, sagte der Mann. »Zuhause ich zeigen dir Bilder von Concentration Camp. Du musst wissen, wie war.«

Und dann bringt er mich um, dachte Frauke. Ich muss hier raus. Sie versuchte es noch einmal:

»I have to go to the toilet!«

»Gleich zu Hause«, sagte der Mann.

»Nein«, schrie Frauke, versuchte die Tür zu öffnen. Vergebens.

The Three Frustrated Women of Venice

Ob es wirklich eine gute Idee war, diese gemeinsame Studienfahrt nach Venedig? Zweifel bewegten Adriane schon im Flugzeug. Gewiss, sie waren die Unzertrennlichen Drei, damals auf dem Mädchengymnasium in Bonn. Aber welcher Teufel hatte sie geritten, 30 Jahre nach ihrem Abitur bei der feuchtfröhlichen Wiedersehensfeier zu beschließen, noch einmal gemeinsam eine Reise zu machen. Diesmal nicht in eine Jugendherberge auf einer der Ostfriesischen Inseln, nein, das war vorbei, sie waren immerhin wohlhabende, kulturell interessierte Frauen Ende vierzg. Ein bisschen Luxus musste sein, das hatten sie sich schließlich verdient. Sie buchten eine Studiosus-Reise nach Venedig. Teuer, aber der Preis garantierte luxuriöse Hotels, ausgezeichnetes Essen in gepflegtem Ambiente und eine kompetente Reiseleitung, die ihnen die Kunstschätze der Stadt näherbringen würde, ehe sie endgültig untergingen unter dem Ansturm der ungebildeten Massen, die auf riesigen Kreuzfahrtschiffen oder mit Hilfe sogenannter Billiganbieter Venedig überschwemmten und die einheimische Bevölkerung vertrieben. Im Flughafen Bonn-Köln die erste Enttäuschung. Wegen technischer Probleme – und das bei einer Lufthansa-Maschine! – konnten sie erst mit fünfstündiger Verspätung starten.

»Früher flog immer ein Techniker mit. Da wäre sowas nicht passiert«, sagte Franziska, fuhr mit den Händen durch ihre weißblonden Locken und nahm Kamm und Lippenstift aus der Gucci-Tasche.

»Kein Techniker, ein Flugingenieur flog mit«, sagte Adriane, die schon in der Schule alles besser wusste. »Und der hätte dann natürlich das Flugzeug repariert. Möglichst im freien Fall oder wie stellst du dir das vor?« Sie ging zur Bar und bestellte für alle drei ein Glas Champagner. »Für die gute Laune!«, sagte sie.

»Ein halber Tag verloren!« Dorothea schob den Champagner zurück in Richtung Adriane, blickte auf die Uhr und runzelte die Stirn. »Wir kommen erst abends an. Und das bei fünf Tagen! Ich werde mich beschweren und Geld zurück verlangen.»

»Das ist prollig, Doro«, sagte Franziska entschieden. »Das tun wir nicht. Da bekommst du lächerliche 100 Euros zurück. So what? Diese Geldfuchserei ist einfach peinlich.«

Franziska hat gut reden, dachte Adriane. Mit ihrem großen Busen und dem Stroh im hübschen Kopf hatte sie sich frühzeitig einen reichen Amerikaner geangelt, viel älter als sie, und der hatte auch erwartungsgemäß nach ein paar Jahren das Zeitliche gesegnet. Kein Wunder, dass sie keine Geldprobleme hatte.

Dorothea hatte sich auch früher nie für Jungen interessiert, lag lieber unter ihrem alten VW-Käfer und reparierte daran herum. Ihre Stimme war tief und ein bisschen rau, sie rauchte hin und wieder ein Zigarillo, konnte reiten wie der Teufel und trug im Gegensatz zu ihren Freundinnen immer praktische Turnschuhe oder Lederstiefel, wenn das Wetter schlechter wurde. Trotzdem war sie auf eine jungenhafte Art attraktiv, mit einem schlanken Körper, feingeschnittenen Zügen und einem Wust von schwarzen

Haaren gesegnet. Ob sie wohl mit einer Frau zusammen-
lebte?

Adriane selbst neigte zum Dickwerden. Erbittert kämpfte
sie gegen ihre Pfunde. Sie war nicht unattraktiv, das
wusste sie, aber nach zwei Scheidungen hatte sie erst
einmal die Nase voll von Männern. Obwohl ... obwohl
in einer Reisegruppe von gebildeten, wohlhabenden
Teilnehmern wie bei Studiosus, da könnte doch der eine
oder andere attraktive und gebildete Mann dabei sein, der
vielleicht auch auf der Suche nach einer warmherzigen,
molligen Frau war. Natürlich war Adriane klar, dass
sie sich in Konkurrenz mit Franziska befand, deren Sex-
appeal - zumindest früher – unschlagbar war.

Die Reiseleitung hatte eine routinierte Dame Ende 50
inne. Charme prallte an der ab, hatte Franziska sofort im
Hotel feststellen müssen, als sie um ein ruhiges Zimmer
mit Blick auf den Canale Grande bat.

»Darauf habe ich keinen Einfluss«, sagte Frau Dr. Maria
Wohlfahrt. »Das müssen Sie mit dem jungen Mann an der
Rezeption klären.«

Aber auch bei dem hatte sie kein Glück, wie Adriane mit
Genugtuung feststellte, die heimlich 100 Euro über den
Tresen geschoben hatte. Selbstverständlich bekam sie ein
Zimmer mit Kanalblick.

Dieser Coup war keine so gute Idee gewesen. Sie stand am nächsten Morgen schon sehr früh an der Rezeption.

»Das Zimmer ist untragbar. Ich kann das Fenster nicht öffnen. Vom Wasser her stinkt es wie die Pest. Und der infernalische Krach! Schon um fünf brummen die Vaporettos los und dann kriegt man kein Auge mehr zu. Ich möchte ein Zimmer nach hinten raus. Hauptsache ruhig.«

Bei dem hübschen Italiener hatten seine guten Deutschkenntnisse wohl über Nacht gelitten. Er schüttelte verständnislos den Kopf.

«Bonita camera, signora«, sagte er. »Vista fantastica! Canale Grande. Benissimo!«

Adriane ging zur Reiseleitung, aber da stand schon Franziska. Ihre hohe Stimme war durch die ganze Hotelhalle zu hören.

»Eine Unverschämtheit. Das soll ein 4-Sterne-Hotel sein? Wohl italienischer Zählweise. In Deutschland würde man für diesen Kasten höchstens zwei Sterne bekommen. Das Zimmer ist zu klein, das Bett hart, und die Klospülung funktioniert nicht.«

»Wieso funktioniert die Klospülung nicht?«

»Wie soll ich das wissen?«

»Kann ich mir kaum vorstellen«, sagte Frau Dr. Wohlfahrt. »Sagen Sie an der Rezeption Bescheid und dann wird sich der Haustechniker darum kümmern.«

»Die sind selbst schuld, wenn ich nicht abziehen kann«, murrte Franziska. »Typisch italienische Schlamperei!«

»Wahrscheinlich bist du nur zu dumm, die Spülung richtig zu bedienen«, mischte sich Dorothea ein. »In jedem Land funktioniert die Toiletten-Spülung anders. Ein bisschen technisches Verständnis kann manchmal nicht schaden. Es ist nicht immer ein Mann zur Hand.«

Franziska bekam einen roten Kopf. »Kannst ja mit raufkommen, wenn du willst. Ich zeig dir, dass sie nicht funktioniert.«

»Nein,« sagte Dorothea, »ich habe eine bessere Idee. Wir tauschen die Zimmer. In meinem Apartment kann ich nicht nackt herumlaufen. Da glotzt mich immer so ein dunkelhaariger Typ von der gegenüberliegenden Seite an. Ekelhaft!«

»Ich würde auch tau ...«, sagte Adriane sofort. Doch Franziska eilte schon die Treppen hinauf.

»Nach dem Frühstück treffen wir uns im Foyer«, sagte Frau Dr. Wohlfahrt. »Auf dem Programm steht heute der Markusplatz mit Markusdom, der Dogenpalast mit Seufzerbrücke und Kerker. Dann laufen wir über die Rialtobrücke zur Galeria dell`Academia, an deren Eingang uns Herr Professor Dr. Mario Vizenza zu einer Führung zu den Kunstwerken des Cinquecento erwartet: Raffael, Giotto, Boticelli, Tizian, Donatello, Fra Angelico,

Filippi Lippi, aber all diese berühmten Namen muss ich Ihnen nicht aufzählen, nicht wahr? Nach einer kurzen Mittagspause besuchen wir die Iglesia »Madonna dell` Orto«, mit einigen weltberühmten Tintorettos, die uns auf seine herrlichen Bilder in der Scuola Grande de San Rocco vorbereiten, die ich Ihnen morgen früh persönlich zeigen möchte nach einer Gondelfahrt auf dem Canale Grande. Nachmittags besichtigen wir die Basilika Sante Maria della Salute, wo es Ihnen dann mit Ihrem Vorwissen sofort gelingen wird, das berühmte Gemälde von Tintoretto zu entdecken. Ein kurzer Bummel durch die Altstadt schließt sich an, ehe wir uns vom Vaporetto zum Casa d` Oro bringen lassen. Am dritten Tag .... ich höre hier auf. Sie bekommen das detaillierte Programm unserer Studienfahrt ausgedruckt heute Abend nach dem Dinner, bevor Frau Dr. Julia Mühlmann-Freiersleben einen Vortrag über die Geistesströmungen im Cinquecento hält. Selbstverständlich werden wir Ihnen auch ... »

»Ich kann nicht mehr«, flüsterte Adriane. »Mir tun vom Zuhören schon die Füße weh. Müssen wir alles mitmachen?«

»Selbstverständlich«, sagte Dorothea. »Dafür sind wir hier. Teuer genug ist die Reise ja. Hast du dich nicht auf das Cinquecento vorbereitet?«

»Es soll doch auch eine Tour auf Commissario Brunettis Spuren geben.« Franziska hob den Finger. »Gibt es die Möglichkeit, einer Lesung von Donna Leon beizuwohnen?«

»Das hier sind Studiosus-Reisen«, sagte Frau Dr. Wohlfart bestimmt. »Und wir sind dafür bekannt, dass wir unser Niveau halten. Sie können selbstverständlich Ihre Tage in Venedig selbst gestalten. Aber Geld für verpasste Führungen wird nicht erstattet. Im Übrigen können Sie sich glücklich schätzen, dass wir die Gelegenheit haben werden, unter sachkundiger Führung die Biennale zu besuchen, die - wie der Name schon sagt - nur alle zwei Jahre stattfindet. «

»Wieso sagt der Name das?«, murmelte Franziska.

»Wohl in Latein Liebesbriefchen geschrieben, was?« Adriane lächelte überlegen. »Ich gehe übrigens heute nicht mit zu der Führung. Gestern Abend in der Bar habe ich noch einen netten Herrn kennengelernt, einen pensionierten Oberstudiendirektor, der sich gut in Venedig auskennt. Er hat gesagt, es würde ihm großes Vergnügen machen, sich meiner anzunehmen und mir die Schönheiten Venedigs zu zeigen. Ganz privat.«

»Das hat aber schnell geklappt mit der Herrenbekanntschaft«, sagte Franziska. »Hoffentlich ist er nicht so ein alter Langweiler, der ununterbrochen labert. Ich gehe jedenfalls mit der Gruppe mit, selbst wenn mir die Füße abfallen. Und in der Mittagspause genehmige ich mir eine Karaffe Weißwein zu fettucine con fungi. Wie der Commissario.«

Sie stolzierte auf hohen Hacken aus dem Hotel, steckte sich draußen eine Zigarette an, inhalierte gierig.

»Divieto fumare«, sagte Frau Dr. Wohlfahrt, die ihr nachgekommen war. »Ich muss Sie bitten, Ihre Zigarette auszumachen. Das Rauchen ist im Eingangsbereich verboten.«

»Scheiß Venedig«, sagte Franziska, schmiss die Zigarette auf den Boden und drehte sie mit dem Absatz aus.

Planmäßig

Das elegante Paar Anfang 50 ist offensichtlich spät dran. Der Mann stürmt im Eilschritt durch die sich automatisch öffnende Glastür in die lichtdurchflutete Abflugshalle des Lissaboner Flughafens, einen dunkelblauen Rolli hinter sich herzerrend.

»Beeil dich! Die haben uns bestimmt schon ausgerufen.« Er dreht kurz den Kopf zu seiner Frau, die im elegant geschnittenen lachsroten Sommerkleid auf ihren hohen

Absätzen hinter ihm herstolpert. «Dass du auch nie rechtzeitig fertig wirst!«

Die Frau sagt kein Wort, blickt angestrengt nach vorn
und schiebt mit der linken Hand den abgerutschten
Gurt ihres Kosmetikkoffers über die Schulter. Erst als sie
sich der grauen Edelstahlwand der sich öffnenden und
schließenden Fahrstuhltüren nähern, bleibt sie abrupt
stehen wie ein bockendes Pferd und zischt: »Ich geh da
nicht rein. Das weißt du!«

»Nun mach nicht wieder so ein Theater!« Der Mann
kommt zurück, packt die Frau am Arm und versucht, sie
durch die Tür zu drängen. »Für deine Mätzchen ist es zu
spät!«

Die Frau wehrt sich, das Gesicht panisch verzerrt, doch er
ist stärker. Sie wird zusammen mit dem Rollkoffer in den
Lift gezogen. Mit dem rechten Arm nagelt er sie förmlich
an der Seitenwand fest. Mit der freien Hand tastet er nach
den Knöpfen und drückt auf die schwarze Drei: dritte
Ebene.

Ehe sich die automatische Tür schließt, springt ein braun-
gebrannter, junger Mann in Kapuzenshirt, Surfershorts
und Plastikschlappen durch die Lücke und japst:
»Geschafft!« Er sieht den Mann an, der seine Frau an den
Schultern hält, und sagt: »Sind Sie auch so spät dran?

Flieger nach Düsseldorf?« Der Mann nickt abweisend, seine Frau ist weiß wie die Wand.

»Geht es Ihrer Frau nicht gut?«

»Meine Frau hat Platzangst. Fahrstühle sind ihr ein Horror«, brummt der Mann. »Aber dann darf sie nicht so trödeln vor dem Flug. Reiß dich jetzt zusammen, Magdalena. Nur noch ein Stockwerk.«

Der Surfer runzelt die Stirn. »Kenn ich, das Gefühl. Ich hasse sogar das Fliegen. Aber ich muss da durch. In Guincho steht die beste Welle. Geile Tubes.«

Der Aufzug hält mit einem Ruck an. Die Frau schreit auf, gleichzeitig geht das Licht aus. Es wird stockdunkel.

»Auch das noch!«, sagt der Surfer und tastet nach dem Notrufknopf. Drückt sein Ohr an die Sprechanlage. Nichts.

Die Frau kauert sich auf den Boden. Sie schlägt die Hände vors Gesicht und wimmert vor sich hin.

»Hör auf!«, sagt der Mann. »Du machst uns noch alle verrückt!«

»Sicher geht es gleich weiter«, sagt der Surfer und drückt wieder auf den Notruf. »Verdammt, der Flieger wird nicht warten. Sie haben uns sicher schon ausgerufen.«

Der Mann hämmert mit den Fäusten gegen die Tür.

»Wir stecken zwischen zwei Etagen«, sagt der Surfer. »Uns hört hier erst einmal niemand.«

Die Frau kriecht über den Boden. »Hilfe!«, japst sie.»Hilfe! Ich kriege keine Luft!«

Der Surfer kniet sich zu ihr. »Ganz ruhig«, sagt er. »Atmen. Ausatmen. Versuchen Sie, gut auszuatmen.« Er hilft ihr, sich auf den Rücken zu drehen, schiebt ihr seine Jacke unter den Kopf, legt ihr die Hände auf den Bauch. »Man wird uns sicher bald helfen.«

»Der Flieger ist weg!«, sagt der Mann wütend. »Das Geld hole ich mir wieder! Portugiesische Inkompetenz. Nichts funktioniert in diesem Land!«

»Ihre Schimpferei nützt jetzt auch nichts!«, sagt der Surfer. »Helfen Sie lieber Ihrer Frau!«

»Die soll sich zusammenreißen. Uns gefällt es hier auch nicht.«

»Wenn man in einer Tube vom Brett fällt und die Wassermassen einen überrollen, dann geht es ums Atmen«, sagt der junge Mann. »Bloß nicht in Panik geraten!«

»Sie haben gut reden«, die Stimme der Frau ist kaum zu verstehen.

»Warten Sie, ich gebe den Rhythmus vor«, sagt der Surfer. »Ein, aus! Ein, aus! Zählen Sie: einundzwanzig, zweiundzwanzig, einundzwanzig, zweiundzwanzig! Tief in den Bauch atmen! Geht`s?«

»Ja«, sagt die Frau und richtet sich halb an der Wand auf.

»Verdammt noch mal!«, sagt der Mann und haut auf die Knöpfe. »Die müssen doch merken, dass ein Fahrstuhl feststeckt. Ich werde meinem Anwalt ... «

»Hör auf zu brüllen«, sagte die Frau leise. Sie schaut den Surfer an. »Danke!«

Die nächsten zwanzig Minuten verbringen die drei Menschen auf dem Boden sitzend im Dunkeln. Die ruhige Stimme des jungen Mannes, der unbeirrt weiterzählt, gleichmäßige Atemzüge. Plötzlich wird es wieder hell und der Fahrstuhl ruckt an.

In der oberen Flughafenhalle herrscht gespenstische Stille. Schweigend sitzen die Menschen auf Bänken, Stühlen und Gepäckstücken. Die jungen Frauen hinter den Eincheck-Schaltern bewegen sich wie Schlafwandlerinnen.

Ja, die Maschine von Lissabon nach Düsseldorf ist pünktlich gestartet. Ja, der Start verlief problemlos. Warum das Flugzeug kurz hinter der spanischen Grenze vom Radar verschwand, kann niemand erklären. Es wurde kein Funkspruch abgesetzt. Die Luftfahrtbehörde befürchtet das Schlimmste.

Heiliger Antonius

Côte de Granit Rose, ein kleiner Hafen südlich von Trégastel. Nach der Wanderung auf dem Sentier de Douaniers von Perros Guirec nach Trégastel hielten wir Ausschau nach den Sonnenschirmen einer bretonischen Hafenkneipe. Wir liefen am Quai entlang, begutachteten die vor sich hindümpelnden Yachten und widerstanden der Versuchung, uns einfach auf die Hafenmauer zu setzen. Der Hunger war zu groß. Das kühle Bier lockte und eine große Portion moules frites.

Wir schlenderten an einer einsamen Holzbank vorbei, den Blick sehnsüchtig auf die roten und blauen Schirme am anderen Ende der Bucht gerichtet, als mein Gehirn ein plötzliches »Stopp« signalisierte. Irgendetwas hatte meine Aufmerksamkeit erregt. Ich drehte mich um, ging ein paar Schritte zurück, bückte mich unter die Bank und griff nach einem schmalen, braunen Lederetui, zog den Reißverschluss auf und hielt eine handliche Lumix-Reisekamera in der Hand. Mit schnellen Schritten war mein Mann neben mir und entriss mir die Kamera.

»Geil«, sagte er. »Die wollte ich schon immer haben.«

Vielleicht muss ich an dieser Stelle einfügen, dass er in den ersten Urlaubstagen seine teure Spiegelreflexkamera hatte fallen lassen, nichts funktionierte mehr. Alle Bilder waren unscharf. Ein heftiger Schlag, direkt zu Ferienanfang. Und nun diese Gelegenheit: eine Lumix. Ein Traum. Vom Himmel gefallen.

Aber genau das war das Problem: vom Himmel gefallen.

»Das geht nicht«, sagte ich. »Diese Kamera gehört dir nicht. Sie ist jemandem unter die Bank gerutscht.«

»Pech gehabt«, sagte mein Mann.

»Du kannst doch nicht einfach ... «, sagte ich.

»Doch! Kann ich!«, sagte mein Mann »Würde jeder andere auch tun.«

»Wir können die Jungs drüben am Boot fragen«, sagte ich. »Vielleicht haben die sie verloren.«

»Quatsch«, sagte mein Mann. »Viel zu teuer für so Schnösel!«

Ich war schon halb aufgestanden, um zu den jungen Männern zu gehen, die dabei waren, ihr Boot startklar zu machen, als ein Peugeot direkt hinter uns hielt. Ein älteres Ehepaar kletterte heraus, gefolgt von einer kläffenden scharz-weißen Promenadenmischung. Die Frau kam auf uns zu, sagte auf Französisch, dass sie ihre Kamera liegengelassen habe.

»Avez-vous trouvé ma caméra?«

»Haben wir«, sagte mein Mann freundlich und reichte ihr die Lumix.

»Merci beaucoup«, sagte die Frau, stieg in den Wagen, winkte und verschwand auf Nimmerwiedersehen.

»Punkte im Himmel«, sagte ich, denn ich bin pietistisch erzogen und glaube irgendwie immer noch, dass der liebe Gott alles sieht, das Böse bestraft und das Gute belohnt. Mein Mann lachte und schaute auf die Bucht. Die Flut hatte eingesetzt, umspülte die trocken gefallenen Yachten am Ufer mit kleinen, rippelnden Wellen.

»Hast du mein iPhone?, fragte er plötzlich und kramte hektisch in seinem Rucksack. »Ich kann es nicht finden.«

»Nun mal mit der Ruhe«, sagte ich. »Guck mal in allen deinen Taschen nach.«

Mein Mann drehte die Hosentaschen nach außen, wendete seine Weste auf links. Nichts! Ich räumte den Rucksack aus, öffnete die Reißverschlüsse der Innentaschen. Wieder nichts.

»Mist«, schrie mein Mann. »Ich habe das iPhone auf der Mauer am Strand liegengelassen. Hätte ich bloß die Kamera behalten!«

»Nun mal mit der Ruhe. Wir gehen zurück.«

Auf der Steinmauer an der Badebucht saß ein junges Pärchen und unterhielt sich angeregt.

»Excusez-moi, avez- vous ... ?«

»We speak English«, sagte der Mann.

Schon besser. Wir erklärten das Problem, gingen gemeinsam an der Mauer entlang, suchten im Sand. Nichts.

»Why don`t you call your phone?«, schlug die junge Frau vor.

Na klar, da hätten wir auch selbst drauf kommen können.

Ich zückte mein Handy und tatsächlich, auf der anderen Seite nahm jemand ab, redete unverständliches, schnelles Französisch. Ich stotterte einen vorher auswendig gelernten Satz herunter, dass wir unser iPhone verloren hätten und so.

Der Mann am anderen Ende lachte.

»Je l`ai trouvé! Venez ici! «

Das war doch schon mal was. Aber wie sollten wir an das Gerät kommen?

»Vous êtes où, monsieur?«

Wieder eine unverständliche Antwort.

»Pouvez-vous répéter? Doucement, s'il vous plaît!«

Der Teilnehmer am anderen Ende wiederholte deutlich und langsam, dass er in einer Eisdiele nicht weit entfernt vom Fundort sitze. Wir sollten den Sentier de Douaniers zwei, drei Kilometer in Richtung Perros Guirec zurückgehen bis zur Terrasse am nächsten Badestrand.

»Merci, monsieur. Merci!«

Eine halbe Stunde später standen wir auf der beschriebenen Terrasse. Eine Schrecksekunde. Niemand wartete auf uns, niemand hielt ein Handy in die Höhe. Wir wählten noch einmal die Nummer unseres iPhones. Ein rundlicher, kleiner Herr kam mit breitem Grinsen auf uns zu. Schwenkte das Telefon. Mein Mann bedankte sich überschwänglich, zückte sein Portemonnaie, zerrte 50 Euros heraus. Finderlohn. Der Franzose winkte ab.

»Au revoir, madame et monsieur. Bonnes vacances!«

»Da haben wir Glück gehabt«, sagte mein Mann.

»Unsinn! Glück! Das ist die Belohnung, dass du vorhin die Kamera wieder abgegeben hast. Der liebe Gott sieht alles.«

Mein Mann starrte mich an, als hätte ich den Verstand verloren.

»Du glaubst doch wohl nicht ... !«

»Doch!«

Langsam wanderten wir den Küstenpfad zurück. An dem Kirchlein am Wegesrand blieb mein Mann plötzlich stehen. Sie war hübsch, diese bretonische Kapelle, aus rötlichen Feldsteinen gemauert, umwuchert von blauen und weißen Hortensien. Im niedrigen, quadratischen Turm bimmelte eine Glocke und rief zum Gebet. Graue Granitplatten führten zur hölzernen Eingangspforte. Mein Mann drückte die Klinke hinunter, die Tür war nicht abgeschlossen, sie öffnete sich ächzend. Dunkel war das Innere der Kirche, nur das ovale, vergitterte Fenster über dem Altar ließ diffuses Licht hinein. Ein Holzkreuz hing unter dem Fenster. Ein Fresko mit Maria und dem Kind war an der Seitenwand nur zu ahnen. Wir setzten uns auf eine der harten Holzbänke. Dann sahen wir ihn. Die kleine geschnitzte Figur vom heiligen Antonius streckte die Hand aus. Ausgerechnet der heilige Antonius, der Heilige, der seit Jahrhunderten angefleht wurde, verloren gegangene Dinge wiederzufinden. Mein Mann erhob sich langsam,

kramte wieder seine Börse hervor, nahm den zusammen-
gefalteten 50-Euro-Schein, stopfte ihn in den Schlitz des
Opferstockes.

Ich muss zugeben, ich freute mich.

Fahrt übers Marmarameer

Schon in der Straßenbahn zur Galaterbrücke ist sie mir aufgefallen, die hübsche Frau mit dem dichten, schwarzen Haar, den breiten Wangenknochen und den freundlichen Augen.

»Günaydin«, sagt der kleine Sohn neben ihr, lacht uns an. Die Mutter strahlt.

»Das hat er wahrscheinlich im Hotel aufgeschnappt«, sagt sie in akzentfreiem Deutsch und streicht dem

Kleinen über die Haare. »Hast du gehört«, wendet sie sich an ihren Mann auf der anderen Seite des Mittelgangs. »Addi spricht türkisch! Muss er im Hotel gehört haben. Vielleicht hat einer der Kellner mit ihm geübt.«

»Sie sprechen kein Türkisch?«, frage ich.

»Nein, wir sind aus Hamburg.«

Ich muss wohl ungläubig geguckt haben.

»Na ja, ich bin in Hamburg geboren. Die Kinder auch. Aber ursprünglich kommen wir aus Albanien. Wir sind zum ersten Mal in der Türkei.«

»Wir auch«, sage ich. »Und wir wollen mit dem Schiff auf die asiatische Seite.«

»Da können wir ja zusammen fahren«, sagt die Frau. »Wissen Sie, wo die Schiffe ablegen?«

Direkt unterhalb Galaterbrücke in Eminönü liegt die Fähre nach Kadiköy abfahrbereit am Steg. Auch hier braucht man nur die Istanbul-Card auf das Lesegerät zu legen. Automatisch werden zwölf Türkische Lira abgebucht. Es ist ganz einfach. Wir fragen uns, warum in Deutschland jede Stadt ihr eigenes Bezahlsystem hat. Passagiere werden bei uns - auch als Muttersprachler - in den Wahnsinn getrieben, ehe sie eine gültige Fahrkarte in den Händen halten.

Im Sonnenschein laufen wir über die Gangway zur Fähre. Unter uns glucksen die Wasser des goldenen Horns.

Still und blau und mit gerippelten Sonnensprenkeln. Wir schlendern durch den überdachten Passagierraum ganz nach vorn zum Bug, um beim Ablegen festzustellen, dass vorne eigentlich hinten ist, der Bug das Achterdeck. Die Fähre dreht, wir sitzen im Windschatten, schauen auf die immer kleiner werdende Kulisse der Stadt. Wie im Ruderboot. Guckt mal, dahinten war eine Kneipe, lautet doch der die Mannschaft immer wieder frustrierende Kommentar des Steuermanns. Wir fahren unter der Galaterbrücke durch, auf der rechten Seite liegt Karaköy und das Szeneviertel Beyoglu mit dem Galaterturm als Wahrzeichen. Links von uns ragen die Silhouetten der Hagia Sophia, der blauen Moschee, der Suleymaniye-Moschee in den azurblauen Himmel, werden kleiner, verschwimmen. Wir halten das Gesicht in die Sonne, freuen uns über die salzhaltige Luft, genießen die wärmenden Sonnenstrahlen. Nach dem langen, kalten deutschen Winter hat endlich der Frühling Einkehr gehalten.

Heißer Apfeltee wird angeboten in kleinen Gläsern und Simit-Ringe, an denen man während der Fahrt knabbern kann. Hunger muss man in Istanbul nicht leiden, das haben wir bereits herausgefunden. Möwen begleiten unsere Fahrt, üben kreischend ihre Sturzflüge, beäugen gierig die Sesamkringel, hoffen auf Beute.

Schleierwolken am Himmel, je weiter wir ins offene Wasser des Marmarameers kommen. Erst Dunst, dann eine Nebelbank. Ruhig liegt die Fähre, keine Katzenköpfe auf dem Wasser, nur kleine verspielte Wellenkringel und eine Schaumfahne, die die Fähre hinter sich aufwirbelt. Ein Lotsenboot kommt tutend in Sicht, taucht schemenhaft auf, verschwindet wieder im Nebel, aus dem sich nach und nach die verschwommenen Umrisse eines Gespensterschiffes lösen. Der Lotse wird das Cointainerschiff sicher durch den Nebel navigieren, um Zusammenstöße zu vermeiden. Auch wenn der Bosporus eine Einbahnstraße ist, auf der die Schiffe entweder aufwärts zum Schwarzen Meer oder abwärts zum Marmarameer fahren, kreuzen viele Fähren und Ausflugsdampfer die Hauptschiffslinien, verbinden das europäische mit dem asiatischen Ufer. Vor dem vor eineinhalb Jahren eröffneten Autotunnel haben viele Istanbuler Angst. Wohl zu Recht, denn das Gebiet ist stark erdbebengefährdet. Auch uns ist die Fähre lieber, ein Genuss bei diesem sommerlichen Wetter.

Wir nähern uns dem asiatischen Ufer. Die Sicht wird immer klarer. Wir sehen das Halbrund des schützenden Hafens, am Ufer die Anlegestelle und ein imposantes wilhelminisches Gebäude, den Kopfbahnhof Haydarpasa, von dem aus die Züge nach Anatolien und später nach Bagdad fuhren. Heute steht nur noch eine ausrangierte

Lokomotive vor dem Prachtbau. Unrentabel, heißt es. Die ewigen Kriege im Nahen Osten haben ihr übriges getan, große Teile der Strecke Istanbul – Bagdad lahmzulegen. Übrigens, eine der ersten Passagiere war Agatha Christie, sie stieg in Aleppo ein. Die lange Eisenbahnfahrt inspirierte sie zu ihrem Krimi *Mord im Orientexpress*.

Inmitten der zahlreichen Sonntagsausflügler laufen wir über den schmalen Metallsteg zum Ufer. Auf der Promenade warten Karren mit Simit, heißen Kastanien, Granatapfelsaft und süßen Kuchen. Die albanische Familie winkt uns zum Abschied zu.

»Einen schönen Sonntag. Und noch interessante Tage in Istanbul!«

Eine Gruppe türkischer Teenager umringt uns mit Schulheften und gezückten Stiften. »You like Turkey? You like the Turkish people?«

Auge um Auge

Sie kannten sich vom Volkshochschulkurs, die fitte 16-köpfige Rentnergruppe aus Berlin, alle zwischen 60 und 75 Jahre alt. Seit Jahren versuchten sie, ihr Französisch nicht einrosten zu lassen. Die Kursleiterin – Marie-Claire, eine Pariserin im reiferen Alter – traktierte ihre Schützlinge nicht mit komplizierten grammatischen Finessen, sondern schaffte eine Gesprächsatmosphäre, in der die Teilnehmer ermutigt wurden, »zu reden, wie ihnen der Schnabel gewachsen war«. Zwei einwöchige Parisaufenthalte schweißten die Gruppe zusammen, sodass im Laufe der Zeit durchaus auch persönliche Probleme - sogar Konfliktsituationen in der Gruppe - von den Teilnehmern angesprochen und diskutiert wurden, natürlich alles auf Französisch.

Als Marie-Claire im vierten Jahr vorschlug, statt nach Paris nach Istanbul zu fahren, waren alle Feuer und Flamme. Istanbul – die Schöne am Bosporus, das türkische Manhattan. Madame hatte Berichte und Kommentare aus »Le Monde«, »Paris Match«, »Le Figaro« und dem »Nouvel Observateur« zusammengestellt, die der Gruppe Geschichte und Kultur des osmanischen Reiches genauso näher brachten wie die aktuelle politische Lage, den Kurdenkonflikt und die Diskussion über die angebliche Unterstützung des IS durch die türkische Regierung.

Fasziniert klebten viele Fluggäste an den Fenstern, als der Pilot in den Sinkflug ging und die Maschine in einer langen Kurve über das blau schimmernde Wasser des Bosporus zog. Sonne glitzerte auf den Dächern der Häuser, der Kuppeln und Minarette: Hagia Sophia, blaue Moschee, Topkapi-Palast, die Galaterbrücke, alle Gebäude winzig klein wie im Hamburger Eisenbahnmuseum. Menschen waren nicht zu erkennen aus dieser Entfernung, oder es gab um diese Jahreszeit nur wenige Touristen auf den Straßen und Plätzen. Januar war absolute Nebensaison. Gott sei Dank sind wir als Rentner nicht an die Ferien gebunden, dachte Anna-Kathrin und tastete nach der Hand ihres Mannes. Das Flugzeug der Turkish Airlines setzte rumpelnd auf der Piste auf. »Automatische Landung«, sagte ein Wichtigtuer am Gang. »Als die Herren noch selbst flogen, setzten die Maschinen sanfter auf.« Niemand reagierte. Ein paar Leute klatschten. Vor Erleichterung, wahrscheinlich.

Das Hotel Alaadin lag an der Promenade, im Touristenviertel Sultanahmet mit freiem Blick auf die schimmernden Wasser des Bosporus. Marie-Claire hatte um einen großen, gemeinsamen Tisch im Speisesaal gebeten, und so trafen sich alle beim Abendessen, müde, aber aufgekratzt und voller Neugierde auf die nächsten Tage. Am späteren Abend stellte sich die von der deutschen Reiseagentur verpflichtete türkische Reiseführerin Frau Cifci vor, eine attraktive Frau in den Dreißigern, die ihr Deutsch als sogenanntes Gastarbeiterkind in Duisburg gelernt und ihr Studium der Archäologie und Kunstgeschichte in Bochum abgeschlossen hatte. Sie gab einen kurzen, kompetenten Überblick über die Geschichte des ehemaligen Konstantinopel und vereinbarte einen Treffpunkt am nächsten Morgen um 10.30 auf dem Sultanahmet – Platz, direkt vor der Hagia Sophia. Öffentliche Verkehrsmittel würde man in den ersten zwei Tagen nicht benutzen müssen, sagte die Reiseleiterin, viele der touristischen Attraktionen seien vom Hotel aus zu Fuß zu erreichen. Dezente Kleidung sei zu dieser Jahreszeit bestimmt kein Problem, es sei trotz der Sonne zurzeit angenehm kühl in Istanbul. »Was, nicht in Badehose?«, fragte der unverbesserliche Witzbold der Gruppe.

Am nächsten Morgen waren bis auf ein Ehepaar alle beim Frühstück. Die Frau habe Kreislaufprobleme und wolle sich ausruhen. Die beiden würden sich später der Gruppe anschließen, ließ der Ehemann mitteilen. Punkt halbelf waren fast alle vor der Hagia Sophia versammelt. Ein paar Teilnehmer konnten sich allerdings nicht von dem Angebot in den Andenkenläden losreißen. Ein Rentner diskutierte mit Händen und Füßen am südlichen Rand des Platzes mit einem Rikscha-Fahrer. Die älteste Teilnehmerin kam atemlos angehetzt, ein paar Minuten verspätet – wie immer. Frau Cifci begrüßte die Gruppe mit »Günaydin – guten Morgen« und hatte mit ihrem Einführungsvortrag gerade begonnen, da fiel ihr Blick auf einen jungen, dunkelhäutigen Mann, der sich zu der Reisegruppe gesellt hatte. Der gehört doch gar nicht … , dachte sie, sah den schwarzen Gürtel, den er sich um den

Bauch gebunden hatte, hörte das ominöse »Klick«, auf das zu achten man die türkischen Touristenführer in den Fortbildungsstunden trainiert hatte, rief nur noch »Weglaufen! Laufen Sie weg!«, fasste die Hände von zwei neben ihr stehenden Personen und fing an, in Richtung Hagia Sophia zu rennen. Es war zu spät. Die Bombe explodierte und zerfetzte die Menschen, die in der Nähe des Attentäters standen. Sirenen fingen an zu heulen, den Polizisten und zivilen Sicherheitsbeamten bot sich ein unerträgliches Bild. Die Überlebenden standen unter Schock. Verletzte wurden ins Krankenhaus gebracht. Auch Frau Cifci war unter ihnen.

Die Antwort auf den Anschlag erfolgte prompt. Türkische Kampfbomber flogen Angriffe auf Stellungen der IS-Terroristen. Zweihundert Terroristen seien getötet worden, das war die offizielle Verlautbarung. Wie viele zivile Opfer es gab, wurde nicht bekannt. Casualties – Kollateralschäden. Unvermeidbar. »Auge um Auge, Zahn um Zahn«. Das steht nicht im Koran, sondern im Alten Testament. Die Anzahl deutscher Touristen in Istanbul ist seit dem Attentat dramatisch gesunken.

Nimm mich mit, Kapitän

Wie konnten diese beiden jungen Frauen nur in diesen Schlamassel geraten?, fragte sich der Leiter der Mordkommission in Cairns. Zwei deutsche Touristinnen lagen halb verdurstet und mit dramatischen Verbrennungen im Hospital. Ob sie vergewaltigt worden waren, war nicht sicher, aber es bestand der begründete Verdacht. Die Ärzte wussten nicht, ob sie überleben würden.

Ein Ausflugsdampfer hatten die beiden Frauen - in einem Schlauchboot auf den Wellen treibend - in der Nähe des Great Barrier Reef gefunden: bewusstlos, die Haut rot verbrannt unter der erbarmungslosen Sonne.

Nach dem Besuch im Krankenzimmer, in dem der Kommissar schweigend und erschüttert am Bett der jungen Frauen gestanden hatte, die immer noch im künstlichen Koma lagen, hasste er wieder seinen Job - wie schon so oft in den letzten Jahren. Er wollte dieses Elend nicht mehr sehen, er konnte es nicht mehr ertragen, Verbrecher zu jagen in einer Welt, in der die Brutalität immer mehr zunahm. Er starrte auf die bewusstlosen Frauen und dachte an seine beiden Töchter, wenig jünger als die beiden Touristinnen.

»Wie schlecht denkst du immer über Männer«, lachten seine Teenagertöchter ihn aus, wenn er sie ermahnte, vorsichtig zu sein, keinen fremden Männern zu vertrauen. »Wir sind doch keine Babies mehr, Daddy«, sagten sie und umarmten ihn. »Und du bist doch auch ein Mann!«

»Eben«, sagte er.

Wie kamen die zwei Frauen in das Schlauchboot? Wollten sie von einem Sightseeing-Boot aus näher an die Korallenriffs hinausrudern? Waren sie ausgesetzt worden? Es lag keine Taucherausrüstung im Boot, keine Sauerstoffflaschen, noch nicht einmal Wetsuits.

Seine Kollegen hatten jeden maritimen Anbieter in Cairns und Umgebung überprüft, der Ausflüge zu den Riffs anbot oder Tauchkurse verkaufte. Ein zeitaufwendiges Unterfangen, denn bei dem jährlich wachsenden Ansturm von Touristen war auch die Zahl der Anbieter mittlerweile unübersichtlich.

Das australische Fernsehen gab eine Suchmeldung heraus mit dem Foto der beiden Touristinnen. Tagelang meldete sich niemand, bis schließlich ein Weinbauer aus Barossa anrief. Ja, er kenne die Frauen, sie hätten im März auf seinem Gut bei der Weinlese geholfen, two nice girls from Germany, gute Arbeiterinnen, zuverlässig. Nach der Weinlese wollten sie in den Norden ziehen, nach Cairns in den tropischen Teil Australiens. Das Great Barrier Reef habe sie gereizt. Mit dem verdienten Geld wollten sie einen Tauchschein machen, die Unterwasserwelt im Korallenriff erleben. Sie hatten versprochen, auf der Rückreise wieder vorbeizukommen, sagte der Mann und seine Stimme wurde rau.

»Ich wollte Kristina überreden zu bleiben«, sagte er. »Sie habe sich aber gerade von ihrem Freund getrennt, sagte sie, sie wolle keine neue Bindung, erst einmal ihr Leben genießen. Konnte ich ja verstehen.«

Konntest du nicht, dachte der Kommissar.

»Bis zum Schluss habe ich gehofft, Kristina umstimmen zu können«, sagte der Anrufer und seine Stimme wurde leise. »Schulterlanges, braunes Haar, einen wunderschönen Mund, und ihr Lächeln ... « Er brach ab.

»Dann hat sie wohl zu viel oder zu wenig gelächelt«, sagte der Kommissar trocken, »zumindest dann, als sie auf ihre Vergewaltiger stieß.« Er riss sich zusammen. Zynismus war hier fehl am Platze. Der Mann schien wirklich betroffen.

»Entschuldigung, aber wir tappen hier völlig im Dunklen. Und Sie wissen auch nichts über weitere Pläne, außer dass die beiden einen Tauchkurs machen wollten?«

»Die Freundin, die kleine Blonde, Svenja hieß sie, heißt sie, die war ganz verrückt aufs Bootfahren. Die wollte unbedingt auf einen Prawn Trawler, so einen, der wochenlang auf dem Pazifik herumschippert, um Krabben zu fangen. Das habe ich den beiden aber ausgeredet. Zwei junge Frauen, ausgeliefert an eine Horde Männer. Völlig verrückt!«

Der Kommissar seufzte. Das hätten exakt seine Worte sein können. Und seine Töchter hätten gesagt: »Aber Daddy!«

»Entschuldigung, ich wollte keine Vorurteile gegen Seeleute schüren«, sagte der Mann.

»Ist schon gut«, sagte der Kommissar. »Und wenn sie sich doch haben mitnehmen lassen?«

Er nahm das Telefon ab, tippte eine Nummer ein und bat seinen Assistenten, alle in den letzten Wochen ausgelaufenen Fischerboote aufzulisten.

»Wahrscheinlich suchen wir die Nadel im Heuhaufen«, sagte er zu dem Weinbauern, »aber wir dürfen nichts unversucht lassen. Es kann sein, dass wir Sie zur Identifizierung brauchen. Wir melden uns.«

Ein alter Fischer, der morgens am Pier gesessen und geangelt hatte, lieferte den Tipp.

»In der Frühe beißen die Fische am besten an«, sagte er. Er habe das Ablegen der Rose Amelia beobachtet und gesehen, dass zwei Mädchen mit an Bord gegangen seien. Wie alt die waren? Das könne er nicht sagen. Um die zwanzig oder so. Je älter er würde, desto jünger erschienen ihm die Girlies, sagte er, grinste und schob den Priem in die andere Backentasche. Er habe sich noch gewundert, was die auf dem ollen Trawler wollten unter all den verrückten Fischern.

»Und das Schiff hieß Rose Amelia?«, fragte der Kommissar.

»Ja, und die ist gestern wieder eingelaufen.«

Noch am Abend wurde die gesamte Mannschaft festgenommen. Zermürbende Verhöre begannen. Die Männer stritten ab, die Frauen zu irgendetwas gezwungen zu haben. Die seien freiwillig mitgekommen. Sie sollten kochen, so hieß die Vereinbarung. Kochen und putzen als Austausch für eine spektakuläre Fishing Tour am Great Barrier Reef. Die Frauen hätten gewusst, auf was sie sich einließen.

»Heiße Fotzen seien das gewesen«, sagte einer der Fischer und der Kommissar schlug mit der flachen Hand auf den Tisch.

»Ihr habt sie vergewaltigt und in das Schlauchboot gelegt. Ohne Ruder. Ohne Sonnenschutz. Ohne Wasser. Und ihr habt gehofft, dass die Strömung das Boot aufs offene Meer hinaustreibt und sie dort verdursten und verhungern.«

»Nonsense«, sagten die Fischer. Die Frauen seien von Bord gesprungen, als das Verpflegungsboot anlegte. Die Mannschaft hätte sogar die Rucksäcke hinterhergeworfen.

»Das ist ja eine ganz neue Variante«, sagte der Kommissar. »Und was für ein Versorgungsboot?«

Das wüssten sie nicht. Sie hätten per Funk Benzin und ein paar Ersatzteile angefordert, wie das hier so üblich sei. Keine Ahnung, von welcher Firma. Irgendein Schiff in der Nähe. Und im Übrigen wollten sie einen Anwalt. Ohne Anwalt würden sie nichts mehr sagen.

»Es gibt ein Logbuch«, sagte der Kommissar trocken. »Langsam habe ich von der ganzen Lügerei die Schnauze voll. I`m really fed up!«

Ein Anruf aus dem Krankenhaus. Eine der jungen Frauen sei zu sich gekommen, die kleine Blonde. Svenja bestätigte die Aussagen der Fischer.

»Na klar, haben wir uns bedroht gefühlt von den Kerlen. Nachts haben die immer Pornos geguckt. Wir haben uns in der Kajüte eingeschlossen vor Angst. Mit einem Küchenmesser unterm Kopfkissen.«

»Und weiter?«, fragte der Kommissar.

Dann sei dieses Schnellboot gekommen mit den Versorgungsgütern, sagte Svenja, und sie hätten die beiden jungen Männer an Bord angefleht, sie mitzunehmen. Die Jungs seien sehr nett zu ihnen gewesen. Sehr höflich, sehr zurückhaltend.

»Schade eigentlich«, sagte sie. »Besonders der mit den schwarzen Locken, der sah toll aus!«

Ich flippe gleich aus, dachte der Kommissar. Wenn das meine Tochter wäre, ich würde sie verprügeln.

»Was passierte dann?«, fragte er und zwang sich, ganz ruhig zu bleiben. Diese dummen, naiven Gänse!

»Wir haben an einer kleinen Insel angelegt. Palmen, blaues Wasser, wir sind geschwommen. Haben Party gemacht am Strand. Die hatten auch Wein an Bord. Und so kleine blaue Pillen.«

»Drogen ?«

»Ich weiß nicht. Wir waren alle gut drauf. Aber ich muss dann wohl eingeschlafen sein. Und vorhin, als ich aufwachte, war ich plötzlich im Krankenhaus. An diesen Schläuchen. Und alles tut mir weh.«

Sie fing an zu weinen, richtete sich auf, blickte sich im Zimmer um.

«Wo ist Kristina? Oh Gott, Kristina! Wo ist Kristina? Ist sie tot? Ist meine Freundin tot?«

»Ich hoffe nicht«, sagte der Kommissar.

Es klopfte, ein Arzt betrat leise das Zimmer.

»Es tut mir leid ...«, sagte er.

Werkstattgespräch

Der Geruch nach Öl und Benzin ist überwältigend und mischt sich mit den warmen Luftschwaden, die durch die offene Tür dringen. Drei alte Autos mit hochgeklappter Motorhaube stehen in der kleinen, dunklen Werkstatt.

»Que calor«, stöhnt der junge, dickbäuchige Mechaniker, der sich über die geöffnete Kühlerhaube des großen Renault beugt und seine kräftigen, stark tätowierten Oberarme im Motorraum verschwinden lässt. Die schmutzige Hose rutscht ihm halb über den Hintern.

»Hmm«, sagt er, »hmm« , hebt sein mit schwarzen Bartstoppeln zugewachsenes Gesicht. Er wischt mit dem Handrücken über die schweißnasse Stirn und winkt seinen Lehrling heran, der ebenfalls mit gerunzelter Stirn auf die Kabel und Schläuche starrt. Auch der kleine Bengel, der die ganze Zeit still mit einem großen Schraubenzieher an einer Radkappe herumgeschraubt hat, legt sein Werkzeug beiseite, schiebt eine Kiste heran, auf die er klettert, um mit demselben sorgenvollen Blick in den Motor zu schauen. Mit dem öligen Tuch wischt der Mechaniker sich die Hände ab, zieht mit einer energischen Bewegung die Hose über Bauch und Po.

»Feio, muy feio!«

»Was sagt der?«, fragt die blonde Frau mit den kunstvoll hochgesteckten Haaren, die im geblümten, weit ausgeschnittenen Kleid auf dem ausgebauten Autositz hockt, der an der Wand abgestellt ist. Sie hat die Ray Ban auf die Stirn geschoben und malt ihre Lippen nach. Perfekt. Ohne Spiegel.

»Es gibt wohl ein Problem«, sagt der ältere Herr im hellen Sommeranzug, der neben dem Mechaniker steht und verständnislos auf die Kabelage im Kühler schaut. »Ein größeres Problem. Aber was genau los ist, verstehe ich auch nicht. Du hast doch den Spanischkurs gemacht. Nicht ich.«

»Aber doch keine Vokabeln aus dem Mechaniker-Milieu, Schatz«, sagt sie und verzieht die Lippen. »Dieses Fachchinesisch verstehe ich noch nicht mal auf Deutsch, wie du weißt. Ich habe dir übrigens immer gesagt, wir sollten uns einen BMW anschaffen, dann hätten wir diesen Ärger nicht. Ein französisches Auto, ausgerechnet einen Renault, du bist von allen guten Geistern verlassen. Aber an deine Frankophilie werde ich mich nie gewöhnen können. Vive la France! Käse und Wein reichen mir völlig.«

Der Mechaniker unterbricht den ehelichen Schlagabtausch, reibt bedauernd die Hände aneinander, hält Daumen und kleinen Finger ans Ohr und sagt mit einem freundlichen Grinsen etwas von »mañana und teléfono.«

»Wir hätten sofort den ADAC anrufen sollen«, zischt die Frau, als sie ins Taxi steigen. »Du bist ja auch zu vertrauensselig. Bloß weil du der Kleinen am Empfang zu tief ins Dekolleté schaust, hast du dich auf diesen muy buen amigo eingelassen. Ich sage dir, das ist ein abgekartetes Spiel.«

»Nun sei doch nicht so misstrauisch«, sagt er. »Den ADAC können wir immer noch anrufen. Wir sind doch nicht in Eile. Du hast gesagt, es gefällt dir gut hier in Conil. Genießen wir doch die paar Extratage.«

»Ich muss nächste Woche zum Shooting, das weißt du genau«, sagt sie. Er antwortet nicht.

Am nächsten Morgen sagt die junge Frau an der Rezeption, ihr Freund habe bereits angerufen, die Sache sei ernst, wirklich ernst. Bei der letzten Inspektion sei von der Werkstatt geschlampt worden. Der Steuerriemen sei defekt, der Motorschaden noch nicht absehbar. Ihr Freund schlage vor, die Versicherung einzuschalten. Er brauche mindestens eine Woche, um die Teile zu besorgen und einzubauen. Vielleicht sei eine Renault-Werkstatt die bessere Alternative.

»Siehst du«, sagt er. »Der Mechaniker ist ein ehrlicher Typ. Habe ich doch gleich gefühlt.«

»Du und deine Gefühle«, sagt sie. »Los, ruf den ADAC an. Schließlich haben wir die goldene Versicherungskarte.«

Wieder die Fahrt ins Nirgendwo, diesmal mit dem Leihauto. El Colorado heißt der kleine Ort im Hinterland der andalusischen Südwestküste, in dem die Werkstatt liegt. Dorthin waren sie am Tag zuvor dem Mechaniker im eigenen Auto gefolgt, das beunruhigende schleifende Geräusche von sich gab, so dass sie jeden Augenblick damit rechnen mussten, dass der Wagen den Geist aufgab. Schon gestern hatte sie die trostlose Leere der Landschaft beunruhigt. Die Fahrt eine Finte, um ein gut betuchtes deutsches Ehepaar auszurauben und auf Nimmerwiedersehen verschwinden zu lassen, fragt sich die Frau. Sie habe eine Menge Krimis gelesen, wisse Bescheid über die Schlechtigkeit der Welt, sagt sie. Und nun fahren sie zum zweiten Mal hinaus in dieses Niemandsland. El Colorado, ausgerechnet!

»Nomen ist omen«, murrt die Frau.

»Jetzt sprichst du schon Latein«, sagt er. »Ist das nicht ein wenig übertrieben, meine Liebe?«

Ihre Blicke wie Dolche. Bis zum Horizont eine verbrannte Steppenlandschaft. Flache gelb-braune Sandböden, vereinzelte vertrocknete Pinien, hin und wieder kleine Ortschaften mit baufälligen Häusern und vernachlässigt aussehenden Werkstätten. Ein bisschen Grün um die Brunnen, vor denen schwarz gekleidete Frauen auf rostigen Bänken sitzen und schwatzen. Viel Wellblech, Reklametafeln wie in den Vororten amerikanischer Städte des mittleren Westens, Billigläden, Restaurants mit abgeblätterter Farbe und schief hängende Jalousien.

»Immerhin hat jetzt der Typ vom ADAC die Adresse dieser obskuren Werkstatt und schickt einen Abschleppwagen«, unterbricht die Frau das Schweigen. »Man wird uns nichts tun.«

»Warum sollte man uns was tun? Du solltest wirklich mit dem ewigen Krimi-Gucken aufhören. Das verwirrt nur dein Gehirn. Oder hast du dich schon auf die Schlagzei-

len in der Bildzeitung gefreut: Deutsches Model in Süd-
spanien entführt. Lösegeldzahlung wird ausgehandelt.
Eine aufgeregte Presse wäre deiner Karriere sicher sehr
förderlich.«

»Blödmann«, sagt sie, lehnt sich in den Sitz zurück und
schließt die Augen.

Juan komme gleich wieder, er hole nur Ersatzteile, sagt
der Lehrling in der Werkstatt. »Dos minutos«.

»Bestimmt Gummizeit«, sagt die Frau.

»Nun sei doch nicht immer so negativ!«, sagt der Mann.
»Immerhin hat dieser Juan im Hotel angerufen und von
sich aus angeboten, den Wagen in eine Renault-Werkstatt
bringen zu lassen. Er hätte auch selbst daran rumfum-
meln, sich eine goldene Nase verdienen können.«

»Ja, du mit deinem nervenaufreibenden Optimismus. Wir
werden ja sehen, was passiert. Wahrscheinlich kommt
der versprochene Abschleppwagen gar nicht. Wir sind in
Spanien, wenn du das noch nicht gemerkt haben
solltest.«

Der Mann zieht es vor zu schweigen. Zwei Minuten
später kommt Juans alter Toyota fröhlich hupend die
Einfahrt hinuntergerumpelt, gefolgt vom rotgelben
Abschleppwagen.

Der Mann wirft seiner Frau einen triumphierenden Blick
zu, den diese ignoriert.

Juan versucht noch einmal, dem Deutschen das Problem zu erklären. Hoffnungslos. Juan zückt sein Smartphone.

»Tengo un amigo aleman«, strahlt er. »El va explicar.«

Tatsächlich, in der Leitung eine deutsche Stimme mit schwäbischem Dialekt. Der Zahnriemen sei kaputt, der Sensor in der vorherigen Inspektion falsch eingesteckt worden, daher keine Fehlermeldung. Wie groß der Motorschaden sei, könne man noch nicht beurteilen. Juan könne zwar versuchen, den Schaden zu reparieren, brauche aber viel Zeit. Bestimmt eine Woche. Die Fachwerkstatt sei voraussichtlich schneller und habe alle Ersatzteile da.

»Siehst du«, sagt der Mann. »Du hattest Unrecht mit deinem Misstrauen.«

Er zückt die Brieftasche.

»La cuenta«, sagt er zu Juan.

Juan winkt ab. »No, nada. Yo he hecho nada.« Wieder sein freundliches Grinsen. Die schwarzen Augen funkeln, als er abwehrend die Hände hebt. »Nada, Senhor!«

»Nein«, sagt der Mann und zieht einen größeren Schein aus dem Portemonnaie.

»Para su trabajo. Muchas gracias!« Er drückt dem Mann das Geld in die Hand.

Der Renault wird auf den Abschleppwagen gehievt. Juan winkt. Der Lehrling auch. Dem Knirps hat der Mann im letzten Moment noch eine Tüte Bonbons zugesteckt.

Der strahlt jetzt mit zuckerverschmiertem Mund. Hebt begeistert beide Arme hoch.

»Vielleicht hätten wir Juan doch den Wagen da lassen sollen«, sagt der Mann. »Der ist wenigstens ehrlich und zuverlässig. Wer weiß, was die Renault-Werkstatt jetzt ausheckt. Kaum zu kontrollieren. Teurer wird die Reparatur auf jeden Fall.«

»Mach, was du willst«, sagt sie. »Ich nehme den nächsten Flieger nach München. Schließlich habe ich meine Termine. Und in diesen Renault setze ich mich sowieso nicht mehr.«

Das Mädchen rennt

Wie hübsch sie ist, diese kleine weiße Stadt auf dem Hügel direkt an der Küste, auf deren grau-schwarz gepflasterten Gassen wir uns mühsam bis zum maurischen Kastell hochkämpfen. Immer wieder verirren wir uns in den schmalen Sträßchen, in die nur Einheimische vorsichtig ihre Autos lenken, bleiben stehen vor lichtüberfluteten Gartenflecken, deren frühlingshafte Blumenpracht uns staunen lässt. Von oben dann der grandiose Blick auf die blauen Weiten des Mittelmeers, auf die hin- und herwogenden Schaumkronen und die funkelnden Lichtspiele der Sonne. Im Hintergrund ragen die weißen Gipfel der Sierra Nevada auf, deren mit gelbem Ginster und knorrigen Olivenbäumen gesäumte Sträßchen wir heute Morgen hinuntergefahren sind, gemeinsam mit den Motorradfahrern, die unseren kleinen Renault in den engen Kurven halsbrecherisch schnitten. Unter der Burg dann eine kleine Kneipe, auf deren verschatteter Terrasse noch einer der vier Tische frei ist. »Cerveceria Martin«, sagt das Schild über dem Eingang. Martin? Ein deutscher Name? Nein, der freundliche runde Besitzer ist eindeutig Spanier. Den heiligen Martin kenne man auch hier gut, sagt er.

»Duas cervezas. Muy frio, por favor!«

Die Kehle ist trocken, das T-Shirt durchgeschwitzt. Es tut gut, die Beine durchzustrecken, tief durchzuatmen.

»Quieren almorzar?« Er weist auf das Schild.: Plato de Dia: 9.50 Euros.

»No, gracias! Mas tarde!«

Am Nachbartisch sitzt eine vierköpfige Familie, die meine Neugier erregt. Sie sprechen Deutsch, es hätte aber genauso gut Englisch sein können oder Norwegisch. In Andalusien wimmelt es im Frühjahr von sonnenhungrigen Touristen aus den nördlichen Ländern, die sich nach der Sonne sehnen. Es ist nicht ihre Nationalität, die meine

Aufmerksamkeit weckt, eher die Kombination der Personen. Das ist nicht Vater, Mutter, Kind und Großmutter, die heilige Familie auf Urlaub, nein, irgendetwas passt nicht, die Atmosphäre ist bleiern, angestrengt, nur wenige Worte gehen hin und her. Die Speisekarten liegen aufgeschlagen auf dem Tisch, der Kellner bringt Weißwein und Wasser, stellt Gläser und eine Karaffe auf die Tischdecke aus blütenweißem Papier. Auf der einen Seite – mit den Gesichtern zu uns – sitzt ein gutaussehender, dunkelhaariger Mann, schlank, Mitte bis Ende Vierzig, schätze ich, mit grauen Schläfen und ernst blickenden braunen Augen. Er raucht. Zu seiner linken Seite eine attraktive ältere Dame mit dichtem weißen Haar, zu der er sich immer wieder beugt, ihr Wasser nachschenkt und leise ein paar Worte sagt. Mutter und Sohn? Vielleicht. Ihnen gegenüber, mit dem Rücken zu uns sitzt eine elegante Enddreißigerin im geblümten Sommerkleid, neben ihr ein neun– oder zehnjähriges Mädchen. Mutter und Tochter, da bin ich mir sicher. Das gleiche rötlich-blonde Haar, bei der Mutter mit einer goldenen Spange hochgesteckt, bei der Tochter fließt die Pracht bis auf die Hüften. Die Frau hat ihre linke Hand auf den rechten Arm des kleinen Mädchens gelegt, streichelt ihn sanft, zupft immer wieder an den langen Haaren des Kindes, rollt einzelne Strähnen über die Finger, drückt hin und wieder einen Kuss auf seinen Kopf. Patchworkfamilie, spekuliere ich. Der erste gemeinsame Urlaub. Wird alles gutgehen?

Die Frau greift über den Tisch zur Zigarettenschachtel, ohne das Kind loszulassen, der Mann streckt den Arm aus, ein silbernes Feuerzeug blitzt auf.

»Iih!«, sagt das Mädchen und wedelt mit der Hand den Rauch weg. »Du hast versprochen ... «

»Schätzchen, was möchtest du essen?«, unterbricht die Mutter, hält die Zigarette am langen Arm von sich weg und bläst den Rauch in Richtung Gasse.

»Ich habe keinen Hunger«, sagt das Mädchen.

»Du musst etwas essen, Kleines!«, sagt die Mutter.

»Ich habe aber keinen Hunger«, beharrt die Tochter, schüttelt den Arm der Mutter ab wie ein Insekt, springt auf.

»Ich will zum Brunnen!« Sie zeigt auf die gegenüberliegende Hauswand, von der ein bemooster Steinfisch Wasser in eine Schale speit.

»Pass auf die Autos auf«, sagt die Mutter und steht ebenfalls auf.

»Lass sie, hier ist kein Verkehr«, sagt der Mann, greift über den Tisch und legt seine Hand auf die der Frau. Sie zieht sie sofort zurück. »Nicht vor dem Kind!«

Der Mann zuckt die Schultern, schaut zu der älteren Frau. Die sagt nichts, schaut dem kleinen Mädchen nach, das ihre Hand unter das sprudelnde Wasser hält und nach kurzer Zeit zurückkommt.

»Mir ist langweilig!«

Die Mutter nimmt sofort ihre Hand.

»Nun such dir doch was aus, Liebling! Was möchtest du essen?«

»Nichts!«

»Charlottchen«, schaltet sich der Mann ein.«Du hast seit dem Frühstück nichts mehr gegessen. Und da auch nur ein halbes Croissant. Nun iss doch wenigstens eine Suppe!«

»Du hast mir nichts zu sagen«, sagt das Mädchen. »Du bist nicht mein Papa.«

»Nein, das bin ich nicht«, sagt der Mann. »Entschuldige!«

»Charlotte-Marie«, sagt die Mutter und nimmt die nächste Zigarette. »Wir hatten eine Vereinbarung. Du kommst mit uns in Urlaub und wir versuchen, gute Freunde zu werden.«

»Er ist dein Freund, nicht meiner«, sagt Charlotte.

»Aber ich möchte auch dein Freund werden, Charlottchen«, sagt der Mann freundlich.

»Aber ich nicht deine Freundin«, sagt das Mädchen.

»Wir sollten vielleicht gehen und später im Hotel essen«, sagt die alte Dame leise.

»Ich muss erst auf die Toilette«, sagt Charlotte.

Sofort steht die Mutter auf, nimmt die Tochter an die Hand.

»Ich zeige dir den Weg.«

Sie verschwindet mit dem Kind im Inneren des Lokals.

»Meine Güte«, sagt der Mann. »Charlotte ist zehn. Die kann doch wohl allein zur Toilette gehen!«

»Gib ihr Zeit«, sagt seine Mutter. »Mit Ungeduld kommst du nicht weiter. Das Kind ist eifersüchtig. Kämpft um Aufmerksamkeit.«

Der Mann seufzt, zündet sich eine neue Zigarette an, lächelt die Zurückkommenden verkrampft an.

»Ich habe schon bezahlt«, sagt die Frau, bleibt am Tisch stehen, lässt die Hand ihrer Tochter nicht los. »Gehen wir!«

»Schau mal, Schätzchen, die Burg dort oben, die haben die Araber vor über 1000 Jahren gebaut. Sollen wir dort hinaufklettern?«, sagt der Mann.

»Nein! Zu heiß!«, sagt Charlotte. »Im Sommer fahre ich wieder mit Papa in Urlaub. Da muss ich nicht so langweilige Besichtigungen machen!«

»Eben«, sagt die Mutter und ihre Lippen werden schmal. »Und du darfst die ganze Zeit mit deinem iPhone spielen.«

»Genau«, sagt die Tochter. »Und du kannst ungestört mit Richard herumknutschen.«

Im Bruchteil einer Sekunde hat die Mutter ausgeholt und zugeschlagen. Es klatscht heftig, als ihre Finger die Wange des Kindes treffen. Die Gäste auf der Terrasse schauen auf. Charlottes Mund klappt in Zeitlupe auf, aber es kommt kein Schrei, nur ein trockenes Schluchzen. Das Mädchen reißt sich los, fängt an zu rennen, verschwindet in der engen Kurve.

»Meine Güte«, sage ich und schaue meinen Mann an. »War das bei uns auch so schwierig im ersten Urlaub? Ich meine, mit deinen und meinen Kindern?«

Er nickt.

Nachlese

Die »Freundin« gibt es bei dem kleinen Kiosk am Rand der Promenade. Ich greife sofort zu und bin freudig überrascht, dass es meine Lieblingszeitschrift auch in Spanien zu kaufen gibt.

»Viele Deutsche hier«, sagt der alte Besitzer und lächelt mich unter seiner Fischermütze verschmitzt an. »Viele einsame Frauen.«

Ich kriege sofort einen roten Kopf. Stammele in Spanisch:
» No soy soltera. Mi marido va venir la proxima semana.
El tiene negocios en Alemana.«

Er nickt. Ob er mir glaubt, dass ich verheiratet bin und mein Mann nachkommt?

»La senora habla muy bien espanol, muy bien«, sagt er.

Ich kaufe mir noch eine Schachtel Zigaretten, gehe zurück zum Apartmenthotel und setze mich unten im Restaurant auf die Terrasse, bestelle einen café con leche, zünde mir genüsslich eine Zigarette an – ich kann nur noch eine Woche in Ruhe rauchen, dann kommt Meinard und der hasst Zigarettenqualm. Ach was, hasst ihn nicht nur, er dreht dann völlig durch.

Die Terrasse ist um diese Uhrzeit nur halb besetzt. Die meisten Touristen scheinen in ihren Apartments zu frühstücken. Rentner sparen. Billig ist geil. Ein paar Tische weiter unterhalten sich zwei Frauen im mittleren Alter auf Deutsch, vor ihnen eine Flasche mit spanischem Sekt. Er hat sicher Recht, der gute Juan in seinem Kiosk, deutsche Frauen sind hier überrepräsentiert, besonders nach der Saison, wenn schon viele Restaurants geschlossen haben, die schwarzen Verkäufer ihre Decken eingerollt, die dröhnenden Lautsprecher ausgeschaltet sind. Auch die hässlichen grünen Liegen unter den roten und gelben Sonnenschirmen sind vom Strand geräumt, geben den Blick wieder frei auf die sanft anrollenden Wogen eines grau-blauen Meeres, dessen Temperatur so weit gesunken ist, dass nur ganz Mutige – tatsächlich wieder Frauen – sich am frühen Morgen aus ihren weißen Bademänteln schälen und ins Wasser schreiten, manchmal begleitet von ihren Ehemännern, die zitternd im Sand stehen und das Badehandtuch bereit halten. Vielleicht auch in der Zwischenzeit mit dem blonden Retriever am Strand entlang gehen, interessiert zusehen, wie er sein Geschäft verrichtet, dann treu und brav – es sind deutsche Rentner! – den Plastikhandschuh überstreifen und die Hinterlassenschaft sorgfältig mit einem Schüppchen in den Beutel füllen, den sie sorgsam an Bellos Halsband geknüpft haben. In der Tat, herrenlosen Hundekot sieht man auf der Promenade um diese Jahreszeit nur selten.

Ich bin vertieft in die Berichterstattung über das englische Königshaus – William und Kate und die drei Königskinder, wie süß! - als ich deutlich höre, wie eine der Frauen sagt:

»Ist doch klar. Er hat mich hier abgesetzt. Einfach abgesetzt. Er hat mir hier dieses todlangweilige Apartment gekauft, um sich zu Hause in Ruhe mit seiner Geliebten zu amüsieren. Ich bin doch nicht blöd.«

»Aber Elke, Schätzchen,« versucht die andere zu unterbrechen. »Was erzählst du denn da? Dein Harald doch nicht. Nie im Leben. Der ist immer noch verliebt in dich.«

»Papperlapapp!«, sagt die mit Elke angeredete Frau. »Guck mich doch an. Ich werde alt und dick, meine Haut wird schlapp. Er hat sich was Knackigeres gesucht und versucht, mich ruhigzustellen.«

Am liebsten würde ich ein Loch durch die Zeitung bohren, um zu sehen, wie Elke nun wirklich aussieht. Der Selbsteinschätzung von Frauen traue ich nicht. Ist sie wirklich schon etwas welk?

»Meinst du wirklich, dein Harald hätte Chancen bei jungen Frauen? So taufrisch ist er auch nicht mehr. 60 doch bestimmt. Und nicht gerade eine Schönheit, oder? Bei dem Bauch! Und der Glatze!«

Mittlerweile habe ich es nicht mehr ausgehalten und doch gebohrt. Mit dem Löffel. Ein riesiges Loch. Elke sieht gut aus, richtig gut. Sicher, taufrisch ist sie nicht mehr. Mitte 50, aber wer ist hier schon jung? Ein paar Kilos mag sie zu viel haben, aber Männer mögen das, das weiß ich aus Erfahrung. Das Dekolleté zeigt was her, ihr Gesicht ist fast faltenfrei – dank Botox? – und ihre dichten blonden Haare können sich sehen lassen. Dagegen ähnelt ihre Freundin eher einer Vogelscheuche: lang und dünn und faltig. Ein sehr ungleiches Paar.

Zu meinem Erstaunen widerspricht Elke vehement. »Aber potent ist er. Ein richtiger Stier. Zwei bis dreimal die Woche.«

»Viagra?«, fragt die Freundin.

Elke geht nicht darauf ein. Außerdem sei Harald erfolgreich. Ein sehr erfolgreicher Unternehmer. Und Bürgermeister sei er geworden, einstimmig gewählt. Da stünden junge Frauen drauf: Geld und Macht.

»Bürgermeister in einer Kleinstadt«, höhnt die Freundin. »Ich würde ihn nicht mit der Zange anfassen.«

»Er dich auch ...«, doch ehe Elke ihren Satz beenden kann, geht ein ungeheures Gekläffe und Geknurre los, begleitet von der schrillen Stimme einer Frau.

Wieder Gebell. »Um Gottes willen, das ist Brutus. Ich hab ihn am Verkehrsschild angebunden.« Beide Frauen beugen sich über das Geländer der Terrasse. Auf dem Bürgersteig quietscht ein schwarzgefleckter Chihuahua wie am Spieß.

»Aus, Brutus! Aus, sage ich!« Der Rottweiler schaut auf und lässt widerwillig sein Spielzeug los, das er am Hals gepackt und hin und her geschüttelt hat, so dass dem armen, kleinen Schmusehund fast die Augen aus dem Kopf springen.

»Ich werde Sie anzeigen«, schreit eine hysterische Frauenstimme. »Sie dürfen Ihren Hund hier nicht anbinden. Der ist gemeingefährlich.«

»Quatsch«, sagt Elke und beugt ihren ausladenden Busen übers Geländer. »Mein Brutus ist harmlos. Ihr kleiner Köter muss ihn provoziert haben.«

»Mein Köter, sagen Sie? Na warten Sie`s ab! Ich werde zur nächsten Polizeistation gehen. Was Sie hier treiben, ist strafbar! Und noch dazu Tierquälerei!«

Und sie nimmt ihr Putzilein, das nun wieder Mut gefasst hat und schrill bellt, auf den Arm und stolziert von dannen.

»Dumme Kuh«, murmelt Elke, steht aber auf, geht zu Brutus, tätschelt seinen Kopf, bindet ihn los und dreht seine Leine ein paar Meter weiter um die Fußgängerampel am Zebrastreifen.

»Ob das reicht?«, wagt die dünne Freundin zu fragen.

»Ich weiß, dein Brutus ist harmlos. Aber er sieht gefährlich aus.«

Elke zuckt die Schultern und wendet sich wieder spannenderen Themen zu. »Und dein Lothar? Kann der noch?«

»Darüber möchte ich nicht sprechen«, sagt die Freundin schnell. »Das geht nur Lothar und mich was an!«

»Wie du willst«, sagt Elke, abgelenkt von einem Polizeiwagen, der sich langsam nähert. Zwei Polizisten steigen aus, nähern sich dem Tisch der Frauen, nehmen die Mützen ab, grüßen freundlich und sagen etwas auf Spanisch. Elke tut so, als verstünde sie kein Wort. Die Polizisten versuchen es auf Englisch.

»Du sollst den Hund vom Bürgersteig nehmen«, übersetzt die Freundin.

»Die können mich mal!«, sagt Elke. »Ich muss deren Gestammel nicht verstehen.«

Die Polizisten bleiben eisern. Zeigen auf den Hund. Ihre Gestik ist eindeutig: Hundeleine abwickeln, Hund entfernen. Der eine Polizist nähert sich dem Rottweiler. Der Hund knurrt, zieht die Lefzen zurück, zeigt sein Gebiss. Der Polizist weicht zurück, zückt sein Smartphone, spricht ins Telefon.

»Die holen Verstärkung«, raunt die Freundin. »Die erschießen den Hund!«

»Spanier!«, sagt Elke. »Die können einen harmlosen Hund nicht von einem gefährlichen unterscheiden.«

Dann steht sie lässig auf, schiebt ihre Sonnenbrille auf das Blondhaar, winkt hoheitsvoll den Polizisten zu, bindet den Hund los, geht mit ihm über den Zebrastreifen und verschwindet im Gewirr der kleinen, weißen Häuser. Die Freundin bleibt zurück, bestellt noch ein Glas Sekt.

Ob die junge Geliebte der einzige Grund ist, die Frau hier abzusetzen, frage ich mich. Und was treibt mein Meinard eigentlich so zu Hause? Warum ist er nicht gleich mitgekommen? Mit dem Internet kann man von überall arbeiten, sagt er doch immer.

Der Strand von Trafalgar

Der Silberstreif der Sonne läuft direkt auf den Leuchtturm zu, wiegt sich auf dem grün-blau changierenden Wasser, überschlägt sich mit den winzigen weiß schäumenden Wellen, kriecht als helles Band über den Sand hoch hinauf auf die Düne und lässt den weißen Turm mit der Glaskuppel im spätnachmittäglichen Licht aufglühen.
Ich lasse mich auf dem silbernen Strahl bäuchlings Richtung Strand treiben, bleibe im Flachen liegen, lasse

die Wellen über mich hinwegrollen, genieße die Massage auf dem Rücken. Wasser wie kühle Seide, wo habe ich das gelesen?

Der Leuchtturm von Trafalgar erhebt sich auf einer Düne, die als Zunge ins Meer ragt, bewachsen von hellgrünem Strandgras und dunkelgrünem, nadeligem Kieferngestrüpp und fleischigen Sukkulenten, die wohl seit Jahrhunderten verhindern, dass der Sand wegfliegt.

Die Schlacht von Trafalgar: Bilder tauchen vor mir auf, zwei Reihen von parallel segelnden Kriegsschiffen, die sich gegenseitig unter Beschuss nehmen. Die Segel sind vom Wind gebläht. Geschützdonner, hohe Schreie, das Geräusch splitternden Holzes.

»England expects everybody to do his duty.«, Admiral Nelsons berühmter Satz, bisher nur eine Grammatikübung im Englischunterricht, um den Schülern eine elegante Konstruktion zu demonstrieren, nimmt hier gruselige Gestalt an. Tausende von Toten, unter ihnen Nelson. Der französische Vize-Admiral Villeneuve wurde gefangen genommen. Ich schließe die Augen.

Das Wasser zieht mich zurück ins Meer. Es ist Ebbe, der Strand wird breiter, auf dem nassen, freigelegten Rand ist der Boden hart genug für die ersten Jogger. Muscheln, Algen, Steine und Reste angespülter Fischernetze markieren die Grenze, bis wohin das Meer bei der letzten Flut gestiegen ist. Ich paddele ein Stück zurück ins Wasser, lasse mich mitziehen mit den zurücklaufenden Wellen, bis ich nur noch mit den Füßen den Boden berühre, ändere die Richtung und probiere aus, wie stark die Strömung zieht. Am Strand flattert die grüne Fahne, zwei life guards hocken auf dem hölzernen Turm, ein Schlauchboot mit starkem Motor ist zum Einsatz bereit. In dieser Bucht soll es starke Strömungen geben, nicht zu weit hinausschwimmen, hat mich der Wirt der Kneipe gewarnt. Hinter den Dünen sieht die Ansammlung von kleinen Gebäuden und Hütten aus wie ein afrikanisches Dorf. Doch sollen die andalusischen Schäfer in genau solchen Hütten gewohnt haben. Hier sind die Dächer nicht aus Stroh oder trockenem Gras, sondern mit Bambus abgedeckt, auf den eine Schicht Sand gestreut wurde. Konservierende gelbe Farbe hält die Konstruktion zusammen. Wie die Rundhäuser der Schlümpfe, wenn sie blau wären, kommt mir in den Sinn. Auf der rechten Seite der weiten Bucht sieht man das mit dichten Schirm-Pinien bewachsene hohe Sandsteinkliff der Canos de Mecca, unten am Strand die kleinen, mit weißer Kalkfarbe gestrichenen Häuser und Hotels, keins größer als eine Palme, so wie der Architekt und Künstler César Manrique das für Lanzarote durchgesetzt hat. Oben auf der Klippe der steinerne Rundturm, von dem aus man die von See her anrückenden Angreifer rechtzeitig erspähen konnte, heute ein Aussichtspunkt für Touristen, die angesichts des hellen Strandes und des blauen Wassers reflexartig ihre Smartphones zücken.

Der Strand von Trafalgar scheint immer noch ein Geheimtipp zu sein, schaue ich auf die überschaubare Zahl der Sonnenanbeter am Strand. Ein paar Familien mit kleinen Kindern lagern unter blauen und roten Sonnenschirmen, Pärchen liegen auf geblümten Decken. Jugendliche versuchen, mit Bodyboards die kleinen Wellen zu reiten, geben bald frustriert auf. Zwei Männer mit Labrador-Hündinnen werfen unermüdlich einen weichen Ball ins Wasser, um die Hunde zu bewegen, sich ins kalte Nass zu stürzen. Und doch müssen sie immer wieder die Bälle selbst zurückholen, weil die Tiere am Rand vor dem weißen Schaum zurückschrecken und in Panik geraten, sobald sie keinen Grund mehr unter den Füßen haben. Doch die Männer sind hartnäckig, geben nicht auf. Immer wieder schwimmen sie hinaus, während die Hunde aufgeregt kläffend auf den Ball warten und an ihren Herrchen hochspringen, sobald diese den Strand betreten mit dem Objekt der Begierde hoch über den Köpfen. Die Männer haben Geduld, die Hunde auch. Wer in diesem Spiel Sieger bleibt, werde ich wohl nicht mehr erleben.

Der Wind hat aufgefrischt, der erste Sonnenschirm reißt aus der Verankerung. Ich packe das Strandtuch in die

Badetasche und schlendere über den Strand zurück zur Kneipe, um geschützt vom Wind unter dem afrikanischen Hüttendach noch ein Eis zu essen, einen café con leche zu trinken. Oder ist es schon Zeit für einen Weißwein?

It is Bear Country

10. April 2017

Gestern bin ich mit meinem Professor nach Oslo geflogen. Von Bremen aus mit Ryanair. Logo, auch die Uni muss sparen. Aber das Angebot des Alfred-Wegener-Instituts, gemeinsam auf Spitzbergen zu forschen, konnte mein Prof sich nicht entgehen lassen. Und ich habe Luftsprünge gemacht, als er mich fragte, ob ich nicht mitkommen wolle zu der internationalen Forschungsstation nach

Ny-Alesund. Wäre sicher gut für meine Master-Arbeit. Und wer weiß, vielleicht springt noch eine Promotion dabei heraus. Atmosphärische Forschung, das genau ist es, wofür ich mich als Biologin interessiere. Ein Forscherteam soll die riesigen Algenteppiche im Nordmeer untersuchen und die Auswirkung des Klimawandels auf die Pflanzen: Chlorophyllgehalt, Pigmente, Antioxydantien. Die Gletscher schmelzen und das ist der Grund, dass das Wasser im Nordmeer immer weniger salzhaltig ist. Die Konsequenzen für Flora und Fauna sind unübersehbar.

11. April

Endlich werde ich die unendliche Weite der Arktis, das Nordmeer, die Gletscher und - hoffentlich - die Eisbären sehen. Ob ich überhaupt welche sehe? Ich bin eher skeptisch. Schießtraining auf dem Bundeswehrgelände in Altenwalde war obligatorisch. Wir haben auf Papp-Eisbären gezielt. Es soll auf Spitzbergen mehr Eisbären als Menschen geben. Das glaube ich einfach nicht. Das Schießtraining hat mir Spaß gemacht. Aber kann ich auf ein so großes, lebendiges Tier schießen? Gibt es nicht so was wie eine Tötungshemmung? Zumindest beim ersten Mal? Aber ein zweites Mal gibt es nicht, hat man uns eingebläut.

Berichte und Filme über die Arktis haben mich schon als Kind fasziniert. Und so gefährlich wie noch vor 100 Jahren ist eine Expedition auch nicht mehr, geschweige denn ein organisierter Aufenthalt in einem Wissenschaftlerdorf auf Spitzbergen. Das musste ich aber erst einmal meinen Eltern klarmachen. Jutebeutel schleppen, Heizung herunterdrehen und den Müll trennen bis zum Gehtnichtmehr, das können sie, aber wenn die eigene Tochter mal wirklich was Sinnvolles gegen den Klimawandel tun will, ist das Geschrei groß. Sie machten sich Sorgen. Tja, ich bin die einzige Tochter. Die hätten sich noch zwei Söhne zulegen sollen, dann wüssten sie wahrscheinlich, was richtige Sorgen sind.

Eine Maschine der Norwegian Airlines wird uns morgen gegen Mittag von Oslo nach Longyearbyen bringen. Am nächsten Tag wird eine kleine Maschine uns nach Ny-Alesund fliegen.

»Im Bett sterben die meisten Menschen«, hat meine Oma immer gesagt, »nicht beim Flugzeugabsturz.« Recht hatte sie.

12. April

Beim Landeanflug haben wir alle den Atem angehalten: Schnee in großen Flocken, die Sicht in Nebelfetzen zerrissen, seitlicher Wind mit kräftigen Böen. Der große Flieger schaukelte heftig. Wir krallten uns in unsere Sitze, aber der Flugkapitän meldete sich über Mikrofon. Dies sei nicht seine erste Landung bei schlechtem Wetter, sagte er auf Englisch und Norwegisch. Im Ernstfall würde er durchstarten. Keine Panik! Ich atmete tief durch und dachte an die beruhigenden Worte meiner Oma.

13. April

Über Nacht heftiger Kälteeinbruch, die Straßen und Pisten in Longyearbyen liegen unter einer dicken Eisschicht. Da kann auch der flugerfahrene Mats-Ole, der uns und weitere zwölf Wissenschaftler mit einer kleinen Maschine nach Ny-Alesund bringen soll, nichts machen.

»Schietwetter«, sagt er mit stark hamburgischem Akzent und zuckt die Schultern. Die Flughafenpisten müssen enteist werden, der Flieger natürlich auch. Wir schlindern zurück ins Hotel, schieben die schweren Rucksäcke vor uns her. Auf der spiegelglatten Straße setze ich mich heftig auf den Po, trotz Spikes an den Füßen. Aus dem Hotelfenster gucke ich auf die menschenleeren Straßen. Eine graue Geisterstadt in diffusem, hellem Licht. Ich schieße ein paar Fotos, dann breite ich meine Papiere auf dem kleinen Tisch aus und versuche, mich auf die Forschungsarbeit vorzubereiten. Ich habe Bammel. Was kommt rein praktisch-technisch auf mich zu?

Ich bin ganz froh, dass der Chef gegen 18 Uhr an die Tür klopft und fragt, ob wir zusammen ins kleine Restaurant nebenan schliddern sollten, um ein bisschen norwegischen Lachs zu essen. Vielleicht ein oder zwei Gläser Weißwein zu trinken.

»Wein? Der ist doch in Norwegen viel zu teuer«, sage ich. Er lacht: «Spitzbergen ist zollfreies Gebiet. Komm, los, ich lade dich ein! Die französischen Kollegen kommen auch mit. Übrigens, ich heiße Christian. Wir duzen uns hier untereinander.«

»Ich bin Janina!«

»Ich weiß. Nun mal los, Janina!«

14. April

War ein netter Abend gestern. Habe endlich auch die französischen Wissenschaftlerinnen näher kennengelernt, mit denen wir uns das blaue Haus teilen: zwei Biologinnen, eine Physikerin. Auch mein Chef ist gar nicht so alt, wie sein Professorentitel vermuten lässt. Er sieht auch noch ganz jungenhaft aus. Mit viel Haar und so und einem netten Lachen. Er hat mir Einzelheiten über Ny-Alesund erzählt. Ich wusste schon, dass etwa 160 Menschen dort im Sommer leben, Wissenschaftler aus Deutschland, Norwegen, Frankreich, Dänemark, ein paar Japaner, alles in allem zwölf Nationen. Die meisten bleiben nur ein paar

Wochen während der Sommermonate. Im Winter leben nur 30 Leute im Dorf. Drei Wissenschaftler halten das ganze Jahr über die Stellung: ein Stationsleiter, ein Ingenieur, ein Logistiker. Zurzeit zwei Frauen und ein Mann.

»Gibt es da keine Probleme?«, habe ich Christian gefragt.

»Was für Probleme?«, fragte er. »Wissenschaftliche, inter-kulturelle ... ?« Er hat gegrinst und ich habe gefühlt, wie ich rot wurde. »Nee, äh ... «

»Ach, zwischenmenschliche, meinst du wohl! Liebesge-schichten!« Wieder sein jungenhaftes Lachen. »Na klar, sonst wäre es auch zu langweilig. Zurzeit hat die Stations-leitung was mit einem russischen Taucher, hört man so. Klatsch und Tratsch, nehme ich an. Aber wer weiß. Also hüte dich vor den Tauchern. Das sind virile Naturbur-schen, bleiben volle drei Monate im Sommer und fürch-ten weder Tod noch Teufel noch Eisbären. Auch keine hübschen deutschen Studentinnen.«

Christian bestellte noch Wein. Wir prosteten uns zu. Wirklich netter Kerl. Leider verheiratet. Schade! Draußen spiegelten sich die Neonlichter der Reklametafeln auf den spiegelglatten, hellen Straßen.

15. April

Morgens der erste Blick aus dem Fenster. Immer noch dieselbe Szenerie. Unter einer dicken Eisschicht liegen Straßen, Häuser, Autos. Nichts bewegt sich. Was kostet es eigentlich die Uni, wenn wir so lange hier festsitzen.

Am frühen Abend klopft Christian. Er hat sich mit den norwegischen und französischen Kollegen abgesprochen und das Alfred-Wegener-Institut in Bremerhaven kontaktiert. Wenn sich bis morgen die Situation nicht geändert hat, werden wir mit einem Hubschrauber abgeholt und nach Ny-Alesund gebracht. 700 Euros pro Person, eine Menge Kohle, deshalb hat man erst gezögert. Aber untätig hier herumzusitzen, kostet auch. Die geplanten zweieinhalb Wochen sind kurz genug.

16. April

Nur 10 kg Gepäck statt 20 kg. Das juckt mich nicht. Eh zu wenig schicke Klamotten, um jemanden - Männer? - zu beeindrucken. Alles praktisch, kälte- und schneefest. Die schweren Stiefel fördern auch nicht gerade den sexy Hüftschwung. Einen wasserfesten Overall kriege ich in Ny-Alesund geliehen, das Gewehr auch.

Im Hubschrauber zu fliegen ist ja noch geiler als in einem Flugzeug zu schaukeln! Langsam schraubt sich der Helikopter hoch. Von Longyearbyen bis Ny-Alesund nur glitzernde Eisflächen. Auf den Bergspitzen liegt Schnee, frostiger, weißer, blendender Schnee. Nach dem Kalender hat der Sommer begonnen, die Sonne wird monatelang über dem Horizont stehen. Der Boden taut auch im Hochsommer nur 10 cm tief auf, manchmal gar nicht. Permafrost. Der Kongsfjord dagegen ist eisfrei, vor 10 oder 12 Jahren war er zum letzten Mal zugefroren. Der Westspitzbergenstrom - ein Ausläufer des Golfstroms - führt westlich vorbei, der Klimawandel tut sein Übriges. Den genau sollen wir ja erforschen, lautet der wissenschaftliche Auftrag.

Ohne Probleme hovert der Hubschrauber zum Hangar, setzt langsam auf, die Kufen auf dem Eis rutschen nicht. Im Gegensatz zu uns Menschen, die wir mit stöckerigen Schritten zur kleinen Empfangshalle gehen. Jetzt bloß kein Bein brechen. Dann aus der Traum von der Karriere als Klimaforscherin.

Ny-Alesund ist der nördlichste Ort in der Arktis. Ausgangspunkt vieler spektakulärer Expeditionen und Rettungseinsätze. Roald Amundsen war hier. Und sein Freund-Feind Umberto Nobili, den zu retten Amundsen das Leben kostete.

Im Dorf gibt es nur 30 Häuser, hübsche norwegische Holzhäuser in Rot und Gelb, direkt am Fjord. Ein einziges Haus in Blau. Ny-Alesund ist ein Dorf nur für Wissenschaftler.

Im Sommer ankert manchmal ein Kreuzfahrtschiff weiter draußen, die Touristen werden kurz ausgebootet und marschieren durchs Dorf, streng bewacht von den Guides der Kings Bay Company, einem norwegischen Staatsbetrieb, der den ursprünglich privaten Kohlebetrieb in Ny-Alesund übernommen hat, als er Pleite ging. Schnell ein Stempel auf die Ansichtskarte vom nördlichsten Postamt der Welt, dann werden die Besucher zurückgeführt zum Beiboot. Es wird kein Risiko eingegangen mit erlebnissüchtigen Touristen, die allesamt so gerne einen Eisbären aus der Nähe sehen würden. Um ein Foto zu machen.

Das blaue Haus - die Koldewey-Station - teilen sich deutsche und französische Wissenschaftler. Meine Zimmergenossin Marga ist schon älter, kurz vor der Pensionierung, wie sie erzählt. Sie war schon oft hier und hat viel Erfahrung. Dies sei ihr letzter Aufenthalt in Ny-Alesund, ehe sie Abschied nehmen muss vom Wegener - Institut. Ich finde sie sehr sympathisch und offen, wir werden uns gut verstehen. Keine von uns schnarcht, behaupten wir beide.

Morgens, mittags und abends treffen sich alle Wissenschaftler zum Essen in der Kantine. Sechs bis acht Köche arbeiten übers Jahr hier, gehören zur festen Belegschaft der Kings Bay Company, die für die Organisation des Dorfes zuständig ist: Wasser, Strom, Straße, das Essen usw.

17. April

Richtig dunkel wird es nicht mehr hier auf Svalbard, übrigens das norwegische Wort für Spitzbergen. Die Sonne sinkt nicht mehr unter den Horizont. Aber natürlich ist der Grad der Helligkeit abhängig von vielen Faktoren, erklärt Marga mir, ob der Himmel klar ist oder eine dicke Wolkendecke die Sonne verdeckt. Eine Mitternachtssonne, die durch Brechung ihrer Lichtstrahlen fünf- bis sechsfach im Dunstschleier erscheint, das müsse man erlebt haben, um zu begreifen, warum Menschen immer wieder von der Arktis magisch angezogen werden.

»Oder von der Antarktis«, sage ich und komme mir sofort naseweis vor. Marga lächelt.

»Oder von der Antarktis. Aber da war ich auch noch nie. Diesen Traum möchte ich mir noch erfüllen. Wenn die Reise bloß nicht so teuer wäre.«

Ich habe trotz der Helligkeit gut und fest geschlafen. Die lichtundurchlässigen Rollos würden zwar den Raum total verdunkeln, aber das mögen weder Marga noch ich. Wenn wir schon so hoch im Norden sind, dann wollen wir auch die hellen Nächte erleben. Außerdem habe ich gelesen, Helligkeit soll die Gehirnfunktion ankurbeln. Marga lachte: »Dann mal hoch mit den Rollos! Gehirnschmalz kann nie schaden.«

Heute werden wir Neuankömmlinge erst einmal das Dorf besichtigen, einen kurzen Vortrag über die Geschichte der Kings Bay Company hören und unsere Arbeitsplätze, sprich, die Labors kennenlernen. Allerdings der wichtigste Programmpunkt ist: Schießtraining. Absolutes Pflichtprogramm. Ich verdrehe die Augen. Muss das sein?

»Das muss sein! Zu deiner eigenen Sicherheit. Kein Schritt aus dem Dorf ohne geladenes Gewehr. Die Eisbären sind hungrig, trauen sich manchmal bis ins Dorf hinein. Immer vorsichtig umgucken, nie blind durch die Gegend stolpern.«

Wir stapfen über den Schnee zum Schießplatz. Ich stelle mich nicht ungeschickt an, lande ein paar Treffer. Die blechernen Zielscheiben klirren.

»Nur schießen, wenn es absolut nötig ist«, sagt der norwegische Trainer. » It`s bear country. We are only guests.« Das leuchtet mir ein.

»Aber wenn ihr schießt, schießen müsst, dann lasst den Bären auf 30 Meter herankommen und zielt auf den Brustbereich. Der Kopf ist schwer zu treffen. Und ein angeschossener Eisbär, gegen den habt ihr keine Chance.«

»Ich schieße nicht gut«, vertraut mir Marga auf dem Rückweg an. »Irgendwas mit den Augen. Oder einfach psychisch. Ich will einfach nicht schießen.«

»Bist du denn schon mal in eine gefährliche Lage gekommen?«, frage ich.

Sie schüttelt den Kopf. »Ich passe höllisch auf. Aber wenn du länger hier lebst, bleibt eine Begegnung mit einem Eisbären nicht aus. Meistens passiert nichts, weil er die Menschen auch nicht mag und sich trollt.«

Von nun an werde ich mich umschauen, wenn ich das Haus verlasse, schwöre ich mir.

18. April

Mein erster Arbeitstag: Algen einsammeln und im Labor aufhängen, heißt das Programm, das mir Marga gestern Abend noch kurz vorgestellt hat.

»Wirst du schnell seekrank?«, fragt sie besorgt.

Woher soll ich das wissen? Habe ich noch nie so richtig ausprobiert.

»Bestimmt nicht!«, prolle ich ein bisschen. Marga runzelt die Stirn, sagt aber nichts.

Unten am Fjord stehen Francesco und Gunnar, zwei junge Kerle in Taucheranzügen. Sie schieben das Schlauchboot mit Außenborder ins Wasser. Der Fjord ist ruhig, kleine Wellen laufen am Ufer aus. Marga lässt sich an Bord helfen, ich will natürlich beweisen, dass ich jung und sportlich bin, mache einen eleganten Satz vom Anleger, bleibe mit einem Fuß an einer entlang der Bordwand gespannten Leine hängen und stolpere schnurstracks in Francescos Arme, der mich ein bisschen länger festhält als nötig.

»Wohin so eilig«, sagt er und lächelt mich an. »Das Wasser im Fjord ist noch zu kalt zum Schwimmen.«

Das war ja schon mal ein guter Einstieg. Ich könnte mich ohrfeigen. Gunnar startet den Motor und wir dröhnen den Fjord hinauf. Zum Glück habe ich den dicken Overall an, die Wollmütze, Kapuze drüber, die gefütterten Pelzhandschuhe. Der Wind ist saukalt, die Außentemperaturen unter dem Gefrierpunkt.

»Der Fjord friert nicht zu wegen des Golfstroms«, sagt Marga. »Und genau das ist das Problem für die Eisbären. Die Robben sind im Wasser zu schnell für sie, die kriegen sie nicht. Und Eisschollen, auf denen sie treiben können und zupacken, wenn eine Robbe auftaucht, gibt es nicht mehr.«

Vierhundert, fünfhundert Meter rauschende Fahrt, dann stoppt Gunnar das Boot, macht an einer Boje fest. Die Männer bereiten sich auf den ersten Tauchgang vor. Hier draußen sind die Wellen höher, das Boot tanzt an der Boje. Ich schaue auf die Berge um mich herum, staune über die türkisen Abbruchstellen, lasse mir von Marga die Namen der im Sonnenlicht glitzernden Gletscher nennen und schaue erst wieder aufs Boot, als der erste Taucher den Arm mit einem Strauß langer, grüner Algen hochhält.

»Wir ernten sie«, sagt Marga. »Die Algen hängen an Seilen im Wasser in unterschiedlichen Tiefen: direkt unter der Oberfläche, fünf Meter und zehn Meter tief. Wir sammeln sie ein, hängen sie in Klimaräume, verändern die Temperatur und die UV-Strahlung, stanzen dann kleine Disks heraus und schicken die ausgestanzten Scheiben in die Laboratorien zu Hause. Wir wollen herausfinden, inwieweit die erhöhten Wassertemperaturen und der niedrigere Salzgehalt die Algen verändern.«

Ich greife zu, werfe die zwei Meter langen Algen ins Boot.

»Auch die 100m langen Seile müssen aufgewickelt werden«, sagt Marga. Sie stellt einen großen Eimer vor ihre Füße und legt gekonnt die Leinen, die die Taucher uns anreichen, zu Augen zusammen und versenkt sie im Blechkübel. Ich will ihr helfen, verheddere mich aber hoffnungslos in den meterlangen Stricken.

»Lass mal«, sagt Marga. »Das Aufschießen übst du erst einmal an Land. Die Tampen müssen so gut gerollt werden, dass sie später problemlos aus den Eimern auslaufen können.«

Ich beiße die Zähne zusammen und versuche es noch einmal, merke aber, wie mir schlecht wird. Mein Mageninhalt steigt immer höher. Ich wanke zur nächstgelegenen Bordkante.

»No, no!«, schreit Gunnar. »Don`t throw up against the wind!« Er zerrt mich auf die Lee-Seite. Welche Blamage, denke ich. Aber Marga sagt: «Macht nichts, an Land geht es dir wieder besser. Das ist alles zu viel am ersten Tag.«

Ich bin froh, dass die Taucher ins Boot klettern und den Motor anwerfen. Wir fahren zum Dorf zurück. Ich fixiere starr den Anlegesteg. Gunnar sieht mich prüfend an.

»Bisschen weiß um die Nase, unser Küken«, sagt er.

»Leave her alone!«, sagt Francesco. Und zu mir: »Das geht fast allen so in den ersten Tagen. Wirst dich an das Geschaukel gewöhnen. Schau aufs Ufer.«

Wir schleppen die Algen zum Labor und verfrachten sie in unterschiedliche Klimaräume: 0 Grad, 8 Grad, 10 Grad. Nach dem Lunch werden wir Hunderte, Tausende von kleinen, runden Plättchen herausstanzen und die Proben für den Transport nach Deutschland verpacken.

19. - 21. April

Zum Glück müssen wir nicht jeden Tag mit dem Boot raus. Wir bereiten die Algenproben für die Verschickung vor. Eine etwas eintönige, aber hochkonzentrierte Arbeit. Jede Probe wird gekennzeichnet, nichts darf verwechselt werden. Ich arbeite Seite an Seite mit Marga, die mich freundlich in alle Handgriffe einweiht. Sie fliegt am nächsten Wochenende nach Bremen zurück. Ich werde dann ihre Arbeit für die folgenden zehn Tage übernehmen. Bis dahin habe ich auch hoffentlich gelernt, die langen Tampen »aufzuschießen«.

»Morgen geht es wieder raus«, sagt Francesco und schiebt mir beim Abendessen eine Packung Tabletten rüber. »Gegen Seekrankheit«, steht drauf. Er lächelt mich an und zuckt die Achseln. »Die helfen bestimmt. Habe ich am Anfang auch genommen.«

Nach dem Abendessen schultert er sein Gewehr und wir gehen zusammen hinunter zum Fjord. Der Himmel ist wolkenlos, kein Windhauch, nur das Schreien der Eismöwen über unseren Köpfen.

»Weißt du, dass die Küstenseeschwalbe zwischen der Arktis und der Antarktis hin- und herfliegt? Sie brütet in der Arktis und fliegt dann mit den Jungvögeln los. 20 000 Kilometer. Unglaublich.«

Er greift nach meiner Hand: »Ich mag dich. Sehr sogar.«

Nachts liege ich lange wach. Auf was lasse ich mich da ein? Ich denke an die warnenden Worte von Christian in Longyearbyen. Ach was, ich bin eine erwachsene Frau. Und in gut zehn Tagen fliege ich sowieso wieder nach Hause. Ein bisschen verliebt sein, das fühlt sich doch gut an. Schadet keinem.

22. April

Wieder raus mit dem Schlauchboot. Und die Pillen helfen wirklich. Der Tag läuft wie geschmiert. Sogar das
Aufschießen. Nicht der kleinste Anflug von Seekrankheit
trotz rauer See.

»Sie ist ganz fix, unsere Kleine«, sagt Francesco und gibt
mir einen schnellen Kuss auf die Wange. Gunnar kneift
die Augen zusammen, sagt aber nichts.

Beide seien sie Atmosphärenforscher, sagt mir Francesco
am Abend in der Bar. Gunnars Frau habe sich von ihm
getrennt, weil er das Nordlicht mehr liebe als sie, hat sie
behauptet. Jeden Sommer drei Monate auf Spitzbergen,
das wolle sie nicht mehr akzeptieren. Oslo sei ihr kalt
genug.

»Und du?«, frage ich Francesco.

Seine Doktorarbeit sei so gut wie fertig, aber zurzeit
verdiene er sein Geld als Taucher. Das mache ihm mehr
Spaß als die Arbeit im Labor. Die komme noch früh
genug.

23.- 24. April

Am Wochenende sind wir mit sechs Leuten mit Schneemobilen rausgefahren zu einer Schutzhütte am anderen
Ende des Fjords. Das war Gunnars Vorschlag und stieß

auf begeisterte Zustimmung. Franceso kam mit, natürlich, aber auch Christian und die dänische Doktorandin
Inge-Lise, die am Tag zuvor ihr Schießtraining absolviert
hatte. Marga wollte nicht, sie musste noch packen und
einige Dinge organisieren, denn ihr Flieger nach Tromsö
würde früh am Sonntagmorgen starten. Schade, sie mag
ich noch von allen am liebsten. Ich hoffe, wir sehen uns in
Bremen wieder.

Der Himmel war von einem strahlenden Blau, als wir
aufbrachen. Der Schnee glitzerte und knirschte unter den
Kufen der Schneemobile. Alle hatten dunkle Brillen auf-
gesetzt, die gegen die extreme UV-Strahlung schützten.
Ein endloses Schneefeld vor uns, auf der einen Seite ma-
jestätische Berge in gleißendem Weiß. Neben uns das eis-
freie Wasser des Fjords. Riesige Gletscherbrocken waren
abgebrochen und schwammen türkisblau im Wasser.
Sogar Robben konnten wir ausmachen, die sich auf den
Schollen sonnten. Francesco blieb mit der Kufe seines
Schneemobils an einer schneebedeckten Felsenkante
hängen, wurde aus dem Sitz geschleudert, doch der
Schnee war tief und weich genug. Er landete sanft. Der
Wind, der uns entgegenschlug, war scharf und kühl, so
dass wir die Schals bis an die Augen zogen. Übermütig
erhöhten die »Jungs« die Geschwindigkeit, johlten und
schrien. Das war die Bilderbuch-Arktis aus den Natur-

filmen im Fernsehen, irgendwie irreal und doch voll und ganz zu spüren, ein Glücksgefühl im ganzen Körper. Was konnten uns die vollgepackten Strände des Südens noch bieten? Wir waren allein in einer grandiosen Landschaft kalbender Gletscher, endloser Schneeflächen. Eiderenten auf dem blau-grauen Wasser des Fjords, kreischende Eissturmvögel im Sturzflug. Wir rasten in unseren Schneemobilen dahin, den Wind im Gesicht, das Gefühl von Unsterblichkeit. Glück pur.

Wir hatten genug Proviant eingepackt für einen gemütlichen - hellen - Arktis-Abend, auch reichlich Holz, um den gusseisernen Ofen in der Hütte zu befeuern.

Ärgerlich war nur, dass ich morgens so früh zu dem etwas abseits stehenden Klohäuschen musste. Wahrscheinlich zu viel getrunken gestern Abend.

Als ich die Hosen wieder oben hatte und die Tür öffnete, traf mich fast der Schlag. Vor mir hockte ein kleiner, süßer Eisbär. Lili, war blöderweise mein erster Gedanke. Lili aus Bremerhaven. Wie kommt die hierher? Aber dann sah ich aus den Augenwinkeln schon die Silhouette der sich drohend aufrichtenden Bärin hinter dem Jungtier. Ich knallte die schwere Tür zu, schob den Riegel vor. Was nun? Ein Gewehr hatte ich natürlich nicht mitgenommen. Purer Leichtsinn, würde Gunnar schimpfen. Aber wer nimmt schon ein Gewehr mit aufs Klo. Natürlich lag auch das Funkgerät in der Hütte.

Sollte ich an die Tür hämmern? Krach machen? Marga hatte immer eine Trillerpfeife dabei, die einen so scheußlichen Ton von sich gab, dass zumindest menschliche Ohren davon abzufallen drohten. Ich hämmerte ein bisschen an die Tür, rief kläglich nach ... ? Ja, nach wem sollte ich rufen? Wäre Marga doch bloß hier. Aber die Männer schliefen noch, lang und fest, wie ich befürchtete. Ich gab`s auf. Reizen wollte ich die Bärin auch nicht, höchstens durch Krach vertreiben. Aber wie? Ich hatte keine Chance, die Hütte rennend zu erreichen, das wusste ich. Die Bärin würde schneller sein. Also: abwarten. Irgendwann würde wohl noch jemand aus der Gruppe »müssen« müssen. Hoffentlich taperte der- oder diejenige nicht so schlaftrunken aus der Tür wie ich. Es war saukalt in der Absteige. Ich schob den Reißverschluss des gefütterten Anoraks, den ich sorglos übergeworfen hatte, mit klammen Fingern hoch, zog die Kapuze über den Kopf. Handschuhe? Fehlanzeige. Ich versteckte die Hände in den hinuntergezogenen Ärmeln, setzte mich auf den hölzernen Klodeckel und richtete mich auf eine längere Wartezeit ein. War die Bärin noch da? Ich hörte nichts. Aber die Tür einen Spalt aufzumachen und hinauszulugen, das traute ich mich nicht.

Nach einer gefühlten Ewigkeit hörte ich einen Schuss. Dann rief jemand meinen Namen. Hämmerte an die Tür.

Ich schob vorsichtig den Riegel zur Seite. Inge-Lise stand mit dem rauchenden Gewehr vor der Tür.

»Gottseidank«, sagte sie. »Wir hatten schon Angst, dass ... Ich konnte mit einem Warnschuss die Bärin vertreiben.«

Ich fiel ihr um den Hals. Erst jetzt löste sich die Spannung. Ich heulte.

Sie umarmte mich fest. »Alles gut«, sagte sie. »Alles gut!«

Ich nickte. »Danke, Inge-Lise. Danke! Danke!«

Auch die andern waren aus der Hütte gekommen.

»Da ist ja unser verlorenes Schaf«, sagte Francesco. Keiner lachte.

»Alles in Ordnung?«, fragte Christian. Ich nickte.

Es wurde trotzdem noch ein schöner Tag. Nur umschauen tue ich mich mittlerweile ununterbrochen, ob nicht irgendwo ein Bär .... Und zum Schießtraining gehe ich jetzt regelmäßig. In der Tat: »It`s bear country.« Ich habe meine Lektion gelernt.

25. April

Der Chef hat gefragt, ob ich noch eine Woche länger bleiben könne. Mein Ersatz, ein Student aus Potsdam, sei wegen Krankheit ausgefallen. Ich hätte mich so gut eingearbeitet, er würde sich freuen, wenn ich zusagte. Ich bin ganz aus dem Häuschen. Christian will mich, die Anfängerin, behalten! Was will ich mehr? Ich könnte ihn knutschen, tue ich natürlich nicht. Aber meine leuchtenden Augen hat er sicher bemerkt. Ich sage zu. Ohne zu zögern.

Francesco allerdings wird blass und still.

»Freust du dich nicht?«, frage ich.

Er druckst herum.

«Oder kommt deine Freundin?«

Ein Schuss ins Blaue, nicht wirklich ernst gemeint.

»Ja, also, es ist so ... Meine Freundin kommt in ein paar Tagen zu Besuch. Aus Rom. Wusste ich vorher nicht. Sie wollte mich überraschen. Zu meinem Geburtstag. Du hast doch sicher auch einen Freund zu Hause, oder?«

Er senkt den Kopf, dreht die Hände nach außen. Blickt mich an wie ein geprügelter Hund.

So nicht, Freundchen, denke ich und gehe wortlos weg. Christian hat Recht gehabt mit seiner Bemerkung über die Taucher. Und ich bin ein blödes, naives Huhn. Aber eines weiß ich trotzdem: Ich lasse mich nicht vertreiben. Ich bleibe, will bleiben. Die Arbeit fasziniert mich. Die Freundin aus Rom, das ist sein Problem, nicht meins.

DIE AUTORIN

Annegret Achner lebt und arbeitet in Bremen, wenn sie nicht gerade auf Reisen ist. Nachdem sie jahrzehntelang mit dem Rotstift die Deutscharbeiten mehr oder minder williger Schüler korrigiert hatte, begann sie nach der Pensionierung, selbst Kurzkrimis und Erzählungen zu Papier zu bringen. Sie belegte Kurse im kreativen Schreiben, lernte in der »Schule des Schreibens« und der »Bundesakademie Wolfenbüttel« das Handwerkszeug der Textgestaltung, holte sich Anregungen bei Donna Leon, Richard Powers und Friedrich Ani.

Aktuelle Geschichten finden Sie auf ihrem Blog: www.annegret-achner.de

Danksagung

Ich möchte mich bei meiner Freundin Edeltraut Kemper für die mühsame und zeitraubende Lektoratsarbeit bedanken, denn es ist unglaublich, wie oft der Fehlerteufel zuzuschlagen pflegt.